隐秘盛开

蒋韵 著

蒋韵自选集

◆◆◆

中国友谊出版公司

目录

从远处说起 ………… 1

上篇　地上天国 ………… 3

一、七七级和河边的学校 ………… 5

二、小城女儿 ………… 23

三、水声浩大的夜晚 ………… 42

四、小玲珑讲的故事 ………… 62

五、倾听者 ………… 77

六、毕业聚餐 ………… 95

插曲　人间事 ………… 107

一、拓女子 ………… 109

二、假如生活欺骗了你 ………… 123

下篇　爱与死 ………… 137

一、本来要去巴塞罗那 ………… 139

二、恶魔吹着笛子来 ………… 161

三、我再也找不到你 ………… 183

四、旅途 ………… 205

五、米小米讲的故事 ………… 215

六、来到了海边 ………… 234

尾声　让我抱抱你 ………… 253

后记 ………… 259

凭吊一个传奇

这个故事，其实，与死亡有关。

也可以说，与爱情有关。

所以，它可以在任何一个时间任何一个地方开始，比如，二〇〇四年早春的巴黎，比如，一九六九年严寒的吕梁山区。故事中的人物朝我们走来时，你无一例外地都可以从她们身上发现某些共同的东西，那就是，让人疼痛至死却不能放弃的爱意。

从远处说起

可以从遥远的巴黎说起，但可以肯定，真正的故事，不是发生在那儿。

两个女人，很偶然地，参加了一个自助旅行团，她们从巴黎出发，准备到西班牙去。路上发生了一些事情，使她们改变了旅行的方向。两个女人中，年轻的那一个，酒量很大，脾气也很大，不那么好相处；年长的那个看出了她是一个有秘密有心事的女人。当然，谁没有秘密和心事呢？有一天她们两人坐在一家乡村旅馆的酒吧里，谈起了往事。一定是酒的缘故，她们都有点喝多了，年长的那个先说起了自己，那是一个爱情故事，毫不出奇，可正是因为这不出奇才格外令人震撼。那个故事把年轻人说哭了。

年轻人说："你们哪！你们哪！"

那个故事在某种程度上改变了这年轻女人的命运。

那是一个非常美好的夜晚，有月亮，但不记得是弯月还是满月，空气中有大地的清香，植物的清香。在她们不知道的那些酿酒作坊里，葡萄正在悄悄发酵——那里是著名的葡萄酒的故乡。一条河，在漆黑的夜里，缓缓流淌，流过一望无际的广阔麦田，流过森林、城堡和昔日的狩猎场，流过丘陵起伏的酣睡的乡村，流向大西洋。她们听不到那水声，可是能感觉到它就在近处，就在她们身边，安静、温暖、柔美，她们都是那种对河流特别热爱的女人。

故事这样开头，显得很陈旧，但是我喜欢陈旧。我喜欢一个故事里有时光留下的痕迹，就像老建筑。

上篇

地上天国

一、七七级和河边的学校

报到那天，她穿了一条打补丁的裤子，灰色的面料，化纤一类质地，上身是一件深蓝色呢子小外衣，是她母亲当年穿过的，已经很旧了，但穿在她身上还很得体，因为肥大，竟有些潇洒。尤其是她的发型，有点别出心裁，过肩的两条麻花辫，本来很平常，可是让她做了革命性的改动：她只编了很短一截辫子，却留了长长的辫梢，长得不合比例，离经叛道地垂下来，在规矩的人群中，一眼就可看出它的标新立异。

后来，陈果就曾问过她："潘红霞，你们这里的女孩儿，都这么梳辫子吗？"

她回答："不，就我一个。"

陈果说的"你们这里"，是指这座内陆城市，出产钢铁、煤炭，还有化工原料，干旱，安静，物产匮乏，在春天总是刮没完没了的黄风。其实，这是一座历史悠久的古城，可不知为什么它没有其他古城那么幸运，知道它的人很少。它还是座省会城市，可是，在陈果这些人看来，它简直就是一座村庄。

潘红霞不止一次听他们这样感慨：“唉，这地方，简直就是个村儿！”

他们不说“村”，而说“村儿”，一听这流畅的鼻音很重的儿化音就知道了他们的来历。对了，他们都是北京人，北京知青，在这里，在黄土高原上插队落户。他们都有着特别复杂、特别曲折的经历，那是潘红霞这样的本地女孩儿所不能了解的。比如陈果，陈果来自一个赫赫有名的学校—— 一零一中。也许陈果自己并没有张扬，可是，没多久全校差不多有一多半人还是知道了她不平凡的来历。这没有什么，潘红霞想，要是换了我，我会让全校的人都知道。

陈果插队六年后，最终落脚在了一座叫“太谷”的小城，在那里的一家制药厂当工人。那家制药厂，倒是远近闻名的，生产一种古老的妇科良药“定坤丹”，据说是宫里的秘方，所谓“宫闱圣药”，后来流传到了民间。当然这和陈果没什么关系，陈果根本不关心这些，陈果每天要做的事是写各种材料，她是厂宣传科的干事，所谓“以工代干”指的就是陈果这样的人。

“宫闱圣药”让潘红霞感到了神秘，其实，关于陈果的一切，在这个经历简单心地也简单的女孩儿眼里，都是神秘的：她的来历，她的经历，她到过的那些地方。潘红霞喜欢所有神秘的事物。

她很庆幸自己能和陈果这样的人在一个学校一个班里念书，而且，还同住一个寝室。

是啊，要不是十年的蹉跎，潘红霞怎么会和陈果同在一座城市、一个学校、一个班里做同窗呢？在一个正常的年代，这样的事情，发生的可能性几乎为零。她们相差七八岁，当陈果已经是北京这座辉煌的都城中一个初中学生的时候，潘红霞才刚刚迈进本地小学的校门，学汉语拼音，学大小多少、上下来去，学那篇忆苦思甜的课文：

爷爷七岁去讨饭，
爸爸七岁去逃荒，
今年我也七岁了，
背起书包上学堂。

如果一切正常，她们将永远不可能相遇和相识。她们各走各的路，就像不同轨道上的两颗星星。但是他们都无可选择地遭遇了这个非常时代。他们，潘红霞、陈果、所有的人，当然，还有刘思扬。

刘思扬也来自一座小城，那座小城在后来的岁月中，将以它完好的城墙和明清时代的民居建筑而闻名于世。但是在一九七八年，它很沉寂，没人知道它发达的未来。刘思扬就在这小城中一家柴油机厂做机工，开牛头刨。他整天穿着油腻腻的劳动布工作服，可头发总是洗得很干净，上面有“海鸥牌”洗头膏的香味。他还有个癖好，喜欢在高高的没人的旧城墙上看书，这使他和本地人区分了开来。本地人，除了撒欢儿的野孩子有谁会理会这破墙呢？从一生下来，它就在那里了，又不能靠它吃，也不能靠它喝，只有外来人，才会对它的存在感到好奇。这个外来人刘思扬，这个小资产阶级的刘思扬，当他忍受不了小城的庸常和窒息时，他总是爬上城墙，好像，这是他从生活的泥淖中出逃的方式。在某些节假日，他的女朋友会从另一座小城赶来看他，他也爱把她带到衰草丛生的城墙上，他们就在那里拥抱、亲吻。

他们就是这样，已经习惯了文学化地活着。

刘思扬以全县高考第一名的成绩，成了那小城的名人。可是他运气不好，他填报的第一志愿“北京大学”不知因为什么没有录取他，却把个第二名录走了。这样，他就来到了这里，这座内陆城市名不见经传的学校，做了潘红霞的同窗。潘红霞想，这多偶然哪，她还想，这多幸运哪。

潘红霞有一个最大的优点，只是，她自己并不知道，那就是，她是个知道珍惜的人，她懂得“感恩”。这是人的一种禀赋，有人有，有人没有。比如陈果，陈果就是活一百岁，经受再多的磨难，她仍然是不知道珍惜的，对了，这是一种才能，就像爱。“生活教会了我们珍惜”，这话是一句谎言。潘红霞他们班上，五十几人，人人都有鸿鹄之志，不少人都对最终落到这样一所末流学校感到委屈和不满。可是潘红霞不。潘红霞内心很快乐。她虽然也会对这新环境中一些事情发发牢骚，比如食堂糟糕的饭菜，比如遥远的水房，比如根本没有几本藏书的图书馆，可这又算什么呢？这一切都无法伤害到她的快乐。她有时甚至都为自己的快乐不好意思。夜深人静，有时她会忽然从梦中醒来，八个人的寝室，鼾声就像水波一样此起彼伏，一波一波地，拍打着她，她就问自己，潘红霞你这是在哪里？在什么地方？然后她回答说，在你想在的地方。这回答，一下子，让她眼里涌满热泪。

一九七八年，人们感受着朴素的快乐，在百废待兴的校园，清贫的土壤和快乐的空气特别适合浪漫主义的生长。到处是不再年轻的面孔，皮肤粗糙，上面布满风霜的痕迹，但经历很快地就变成了故事。携带着故事的男人无论走到哪里都吸引着年轻姑娘的目光，感伤的情绪在甜蜜中泛滥着，苦难变成了高贵的印记。

潘红霞没有值得炫耀的经历，没有苦难的财富，这让她感到自己平庸。她和这古城中大多数同龄人一样，该上学的时候上学，该停课的时候停课。后来，“复课闹革命”时，她进了初中，只读了一年，就领到了一张“结业证”。那是一九七一年，她还不满十六岁，从此就走上了“社会”。这所谓的“社会”，其实就是一家集体所有制的小厂，隶属于这城市的手工业局，从前，是一家街道小厂，生产一些铁制的杂货用品。她就在这小厂狭窄局促的空间里，伴着一台老掉牙的皮带车床，度过了将近八年岁月。所以，对她来说，重返校园，开始一种完全不同的新生活，是一种救赎。尽管这学校名不见经传，可它拯救了她。

这座内陆城市的最高学府，当然是以这省份名字命名的那座大学。它有悠久的历史，创办于二十世纪初：一九〇二年，是中国的第三所大学堂。它的创办人，是英国传教士李提摩太。这个大名鼎鼎的人物，用令我们屈辱的庚子赔款创办了这所大学，参与创办的，还有当时的清廷大员岑春煊。总之，它是有根基的，有身世的，当然，也是衰落的。不像潘红霞的学校，几乎没有历史，白手起家。所以，那个学校里的学生，都比较骄傲，这是可以理解的，也是没办法的事，没落的世家子哪个能不骄傲呢？

潘红霞的学校，却是新鲜的，甚至，是仓促的，没有一点旧时代的痕迹。它建立在一片河滩之上，在穿城而过的那条河流的东岸。围墙外，是大片的农田、菜田还有水渠，有一条曲折暧昧的小路在农田里蜿蜒着通向高高的河坝。他们把这河坝叫坝堰。这个学校的学生，喜欢在这坝堰上散步，看夕阳把浑浊而黏稠的河水涂染成辉煌的金色。这是这所学校的学生唯一感到安慰的地方，胜别人一筹的地方：他们有一条河。只要他们愿意，他们可以随时在河边聚会、唱歌、野餐——“皮克尼克来江边”，是真的江边，虽然它如今枯萎了，衰老了，可在地图上，还有人们的心里，它仍然是一条雄壮的、声名远播的河流。只要他们愿意，他们尽可以把这条河看作是自家学校的后花园。

这学校，没有标志性的建筑，都是一些红砖楼房，东一座西一座，像孪生兄弟一样几乎没有区别，明眼人一看，就看出它有种急就章似的潦草。到夜晚，就算所有的灯都亮着，它仍然有一种掩藏不住的荒凉气息，有一种孤独的璀璨，特别打动人。这也是让潘红霞最爱它的地方，甚至，是心疼。周日的夜晚，她坐末班车从城里匆匆返校，从汽车站，到她的学校，还要在野地里走差不多两三里路。她走着走着，一下子，就看见了那一团小小的光明，紧紧簇拥着，依偎着，在无边的黑夜之中，又孤独，又骄傲。她的心顿时一软，想哭。这黑夜中的校园，它是那么让人心疼和珍惜。这种时候，她就像是它的母亲一样怜惜着它。

她的学校，和李提摩太的学校，虽说还没有什么交往，可他们总是能够知道发生在那里的事情，那里，中文系七七级的学生，成立了一个文学社，他们给那文学社起了一个和时代气息特别吻合的名字：春天。那么，他们怎么能没有一个自己的文学社呢？好吧，那就成立一个。一帮人摩拳擦掌，于是，他们的文学社也就诞生了，也起了一个符合时代气息又和校园的浪漫情调吻合的名字——红钟，铿锵有力又有些旖旎，是从几十个名字中挑选出来的。

他们推举刘思扬为社长。

大概，刘思扬生来就是为了一个激情的事业献身的，至少，他特别适合做一个文学社团的领袖。他像从苏俄小说中走出来的一个人物，比如，罗亭。当然不是从爱情中出逃的那个罗亭，而是一八四八年的罗亭。一八四八年六月二十六日，在巴黎街垒战中被打死的那个“波兰人”，腰间束一条红围巾，举着弯弯的钝马刀，被子弹一下子击中了心脏的那个德米特里·罗亭——这样的人在和平年代不做一个文学社团的领袖岂不是暴殄天物？

“红钟”敲响了，在这个尚还沉闷的、摸不着头脑的，等待着什么的校园里，有点石破天惊。那份他们创刊的同名的油印刊物，在这学校上千名学子们的手中传来传去，还有人抄下那上面的文章。甚至，它不胫而走，传到了社会上，还有，李提摩太的学校。那学校里的许多学生都在谈论一个名字：回忆。人们互相询问说，回忆是谁？当然没有人知道他的来历，但是人们都在说，我们也有了一个卢新华，我们这城市，也有了一个卢新华。

现在，我们终于知道，刊登在那上面、被人们传抄的文章，是什么了。那是一篇小说，伤痕小说，作者叫“回忆”，一望而知这是一个笔名，而且，是一个成心要让人家看出是笔名的笔名，小说的题目倒很朴实，《落日》，写一个下乡知青在插队的地方，目睹了一个富农的女儿，在受尽凌辱之后投井自杀的故事。他写人们是怎样以正义和真理的名义杀人。他还写那青年的矛盾和痛苦。那当然不会是一个很成熟和完美的作品，可是充满激情，而且，真诚，后来有人评价它，说那是灵魂的呐喊。总之，它感动了许多人，这个“回忆”，以他的惨烈激情搅动了这个沉闷的城市。

那么，这个“回忆”是谁呢？“红钟社”的人当然人人都知道，可是他们秘而不宣。他们知道这不会是一个长久的秘密，可这个秘密在他们手中一天他们就有一种与众不同的亲密无间的快乐。无论别人怎样追问他们，他们总是口径一致地回答说，到时候就知道了。到什么时候呢？终于，这个时候到了，南方一家文学期刊在头条发表了这篇《落日》，还配了评论。这一次，正式发表的这一次，作者放弃了“回忆”这笔名，使用了真名实姓，刘思扬。

这已经是一九七九年的春天，“伤痕文学”的潮头就要过去了，那是刘思扬所不能挽回的。可是在潘红霞的城市，我们的城市，这个内陆的小城，它的发表还是引起了不小的波澜。人们惊愕、感动，甚至激动，当然也有人持完全相反的意见，认为它阴暗和灰色，有着方向性的问题。许多家媒体纷纷采访了作者本人，有保留地发表了采访记，本地广播电台在非黄金时间播送了这小说。现在，没有人不知道潘红霞的学校了，这新兴的学校，成了我们城市的话题。

还有什么快乐能比得上这样的快乐呢？这一天，潘红霞们，红钟社全体又在河边聚会了，他们总是喜欢在河边聚会。是啊，他们这样一群浪漫的青年怎么可能轻易放过河流这样的美景？他们翻过坝堰来到河滩，席地而坐，把报纸铺在草地上，上面放一些吃的东西：熏肠、肚片、酱肉、珍贵的五香花生米，当然还有啤酒。男生们用牙齿咬开啤酒瓶盖，对着酒瓶吹喇叭，女生们则毫不客气地用手拈肉吃。他们唱歌，念诗，念自己的，也念别人的，一会儿顾城一会儿北岛，念了一首又一首。他们还嚷嚷着让“回忆”宣读新作。可是，“回忆”没有新作出笼，却说：“等着我吧！”大家期待地望着他，他又说，“等着我吧！”原来他在朗诵，那是西蒙诺夫的诗歌，卫国战争时期的诗歌：

等着我吧——我会回来的，
只是你要苦苦地等待，
等到那愁煞人的阴雨，
勾起你忧伤满怀，
等到那大雪纷飞，等到那酷暑难挨，
等到别人都不再把亲人盼望，
可是你，你要等待——

他念完了，大家笑起来，说：“好吧，我们等着你，等着你成为文学巨匠。”有人举起酒瓶，对着河流，夸张地喊道，“亲爱的，你为我们做证。”这一下人们都举起了酒瓶，朝着河流放声大喊。只有一个人，没有喊叫，可是谁也没有注意这个人，这个小小的细节，在红钟社的历史上，可以忽略不计。

可是，只有这个人，在那一刻，在那个春光明媚的下午，听到了一个谶语。只有她听到了它。它如风一样掠过波光粼粼的河面，那谶语说，你要苦苦地等待啊。

那时，多少青年像投身革命一样投身文学，突然间，有一天，在与他们这城市相邻的一个更小的城市更小的大学里，一个学生，奇迹般地成了万众瞩目的“文学新星”。他的光芒迅速掩盖了刘思扬的光芒，因为，他的那篇小说，发表在中国最重要的一张报纸上。那报纸，至少，拥有着几千万的读者。

在那所大学里，也有一个文学社团，那社团的名字非常严肃：五四。文学新星自然是属于“五四”的。

他们决定去和“五四”会师。“红钟”会师“五四”。于是，在一个早晨，他们骑着自行车出发了。事先，也没有和人家联系，而那又是一个星期六的早晨。从他们的城市，到文学新星的大学，大约有九十华里[1]的路程，他们十几辆自行车，浩浩荡荡，大呼小叫地上了国道。初夏的风，吹拂着他们，他们很快乐，一人一只军用水壶，斜挎在肩上，里面装着清水。他们还在书包里装了面包、馒头，是准备充饥用的。那是一个晴好的日子，天很蓝，白

1. 华里：一华里为五百米。——编注

云很柔软，满眼都是绿意，庄稼长得肥头大耳，无论是贫贱的高粱还是玉米，还有树，绿得也正新鲜，是北方最常见的杨柳还有在春天开白花的槐树。一路都是这样的景色，平凡，毫不出奇，可是生气勃勃。太阳越升越高，也越来越热，他们喊叫的声音弱了一些，速度也慢了下来，可心里仍然是快乐的。有人忽然高声唱起歌来，“横断山，路难行，天如火来水似银，天如火来水似银哪啊啊——”是耳熟能详的《长征组歌》。于是，他们齐声应和，“战士双脚走天下，四渡赤水出奇兵，乌江天险重飞渡，兵临贵阳逼昆明——”他们在平坦的公路上，一览无余毫无阻碍的公路上，唱着山路和水路的艰辛，为自己壮行。要说，他们这些人哪，哪一个是害怕长途跋涉的？哪一个人没有经历过走长路的锻炼？九十华里的坦途，还有自行车，说来是不在话下的。他们原计划在中午之前赶到目的地，可事实上，九十里路，他们竟然骑了六个多小时，在午后一点多钟才来到人家的校园，比原计划晚了一个半小时，这样，他们就和“五四”错过了。

这一个半小时的耽搁，都是因为一个人，这个人，我们先不去说她，只记住她叫“小玲珑”就是了。因为“小玲珑”，他们才晚到了这一个半小时，结果，他们就撞上了一个空校园。

这个学校，说来奇怪，它建在一个前不着村后不着店的地方，离那座它冠名的小城，还有三十多里的路程。此刻，它陷落在就要起来的青纱帐中，一片静谧。它身后也有一条河，叫作潇河，这学校艺术系里的学生，就总是在潇河边写生，画它的蜿蜒、草滩和芦苇，或者，去那里挖雕塑用的胶泥。

只有一条公路，一个汽车站，将这旷野中的学校和那座小城连接起来，城里开出的汽车，一天中，有几班从这里经过，其中一班就是中午十二点半左右。这学校，周六下午是没有课的，所以，这学校的学生们，在周六的中午，午饭前就纷纷离校了，或是赶那班汽车，或是骑自行车，或是随便搭一辆顺风车。等他们赶到时，晚了，这学校已是一座寂静的空巢。

当然，不会是杳无一人，不会是一座鬼城，总还会有一些不回家的人留守，可那有什么用呢？不会有一个他们期待的、热烈的、戏剧化的“会师”场面了。他们兴冲冲地，赶了九十里路，却扑了空。他们站在人家的校门外，有一点茫然和失落，还有一点点抱怨。他们又累又饿又渴，可这前不着村后不着店的旷野，连个打尖的地方都没有。他们只好找了个树荫处坐下，沉默地，吃他们带来的面包和干馒头，喝着水壶里最后的一点清水。午后的太阳，晒得庄稼叶子蜷起来，静静地听，似乎，能听到嗞嗞的神秘的响声，那是水分在阳光下蒸发的声音，袅袅升腾，像万物的灵魂。他们无精打采，可地上一群大蚂蚁却兴奋不已，呼男唤女地，忙着来搬运那些掉在地上的面包屑。潘红霞低着头，看着那些忙碌的渺小的生命，一只蚂蚁，坚忍地，磕磕绊绊地，挪动着远比它庞大的一块面包屑，它几乎是在拖着一座山脉爬行，身子一歪，翻倒了，向着天空祈祷一样拼命蹬腿挣扎，又翻过来，再爬。真是愚公移山哪。她看得出了神，心里慢慢涌上来说不出的感动。

其实，这一天，并不是一无所获的。这一天最终还是有了一个戏剧性的结尾。他们是谁呀？他们怎么会一筹莫展呢？他们最终还是把他——文学新星找到了。就在他们回去的路上，途经那座小城时，他们闯进了人家的家里。其实，他们只有他一个大概的地址，是从那学校留守人员那里打听来的，知道他住在那小城，一个很大的厂矿区。他们想，好了，就是海底捞针，我们也要把他捞出来。他们真把他捞出来了，从一个有着万余名职工，大得本身就像座小城一样的厂子里找到了他的家。那样的工厂，只有在二十世纪五十年代初期，在苏联专家的手里，才可能诞生，辽阔得简直奢侈。到处是树，建筑却朴素，结实笨重，在标志性的地方，比如，一座俱乐部的屋顶，往往有一颗克里姆林宫式的孤独的红星。

文学新星正在院子里和煤。

二十世纪七十年代末，在文学新星的小城，甚至，在我们的省城，都还没有煤气。我们还在用最古老的方法：生火做饭。在我们这个盛产煤炭的地方，煤自然是主要的燃料，“和煤泥”是家家户户的男人、身强力壮的小伙子们最平常的一项家务劳动。

他挽着肥大的裤腿，穿一双拖鞋，夹脚趾的，类似日本木屐的那种，他穿拖鞋劳动这一点让姑娘们印象深刻。还有，就是他娴熟舞动铁锹的双臂，非常健壮、结实，是劳动者的双臂。这时，太阳已经西斜了，这个到处是树的大院子，凉爽下来。煤堆旁，一只小板凳上，坐着一个非常小的小孩儿，一岁，也许是一岁半，扁扁的小鼻子，双手捧着装了橘子水的奶瓶，喝两口，举起来，冲着那个劳动者，“爸爸爸爸”一阵喊叫，快活地说着谁也听不懂的肺腑之言。那一刻，他们看到的，就是这样一个平凡的劳动者，一家之主，和父亲。

当然，他们来了，呼啦啦一群，他们向他走来，在那一刻他们忽然觉得这是史诗的一天，“奥德修记”的一天。奔波、坎坷、挫折，然后是，家园和美景。他们走向夕阳中劳动的他，他很惊愕，直起了身。他们中为首的那一个，向劳动者伸出了右手，叹息一样地说道：

“我是刘思扬。”

“哦——”他扔下了铁锹，用沾满煤灰的手握住了那只手。他们会意地、惺惺相惜地、感动地握在了一起：相逢何必曾相识啊。

在后来的岁月中，一个七七级的人，无论走到哪里，和另一个七七级邂逅相逢，只要彼此说一句“七七级的吗？”，仍然会有一种亲近感：相逢何必曾相识啊。无论生活使他们发生了怎样的改变，得意还是失意，贫穷还是富贵，堕落还是高尚，也不管他们从事什么职业，一句“七七级的吗？”就是一句重返青春时光的符咒，一句意味无穷的暗语。七七级，这是一个共同的名字，一个共同维护的回忆：他们创造了共和国校园历史上短暂的，也许是绝无仅有的一段浪漫时光：自由和诗情的时光。那是他们每一个卑微者涓滴成河、聚沙成塔的合力创造。

现在，让我们回过头去，再看看那所学校吧，河边的学校，潘红霞刘思扬的学校，没有任何值得炫耀的历史，也没有一座上年纪的建筑，春天，沙尘暴袭击这城市的时候，它总是首当其冲，一无阻挡。沙尘暴把在操场上上体育课的学生们吹得像枯草一样拼命摇晃。没有关紧的玻璃窗乒乓乱响，有时还会有玻璃被打碎的尖厉惨烈的声音。即使所有的门窗都关得严严实实，你看吧，要不了一会儿工夫，那些原本干干净净的课桌上讲台上就会蒙上一层细密的黄尘，像被筛子筛过的一般。可就在这样昏天黑地令人绝望的天气里，也仍然会有阻挡不住的清新蓬勃的笑声。

假如是在一个晴好的天气，这样的好天气毕竟还是有的，你爬上四楼，在朝西的随便任何一个窗口，向外面眺望，你都会看到我们的河流。它曾经壮阔，年轻丰满，脾气很大，可现在它衰老得厉害，几乎就要流不动了。泥沙使它的流水又浑浊又黏稠，这学校的学生，曾试图在那里游泳，可失败了，河水浅得已经浮不起人来，更别提船了。但他们仍然爱它，爱它平凡却意味深长的景致，像爱一个有神秘经历的老人。

他们并不知道这河流的历史，说实话对所有的历史他们都知道得不多。他们一点不知道，就在他们常常聚会散步的地方，可能就是一个古渡口，贾岛就是从这里登船，离开了他客居十年的异乡。李白途经此地，也正是在这里弃舟登岸。再往南，没有多远，曾经有一座跨城的城堞，将东西两岸两座城池连接在了一起，形成了一座世上独一无二的河上的城墙，下面舟楫穿行，上面则是车辚辚马萧萧。这壮丽的河边的城墙，后来，被冲天的大火烧成了灰烬。这些年轻人，他们不知道这河流的荣耀，也不知道它的伤痛和屈辱。就像后世的人们，更年轻的人们，也不会知道他们和这河流曾经有过怎样深刻的缠绵。

当然，在低处是看不到河流的，比如，在礼堂的窗口。礼堂，其实又是学生食堂，很大的一个大厅，空空荡荡，没有座位。开饭时，人们就蹲在地上吃饭。大家围成一个圆圈，围着一只装主食的大桶和装菜的脸盆，那时，这城市还实行着供应制，细粮，也就是白面大米，只有百分之三十五的比例，其他都是粗粮，而炒菜用的食油，每人每月只供给半斤，所以，那装主食的大桶里，经常装的都是金灿灿的玉米面窝窝头或者发糕，菜则基本上是水煮一般。和那时的许多学校一样，这所学校，潘红霞刘思扬的学校，也曾因为食堂糟糕的饭菜引起罢课的风潮。

可他们是爱这学校的，爱这学习的生活，他们是这学校历史上最爱母校的一批学生，以前没有，以后更不会有。他们抱怨她的种种不是，苛责她，可他们人人都知道自己人生的历史是从这个地方改写。他们都不算年轻，有各种各样的经历和磨炼，也积累了社会的经验，有的甚至已经为人父母，可来到这里他们多多少少都有些忘情和撒娇的举止。比如，新班级聚会的时候，他们不住嘴地唱歌，唱那些小时候的歌曲，童年时代的歌曲，“太阳光金亮亮，雄鸡唱三唱”，“小鸟在前面带路，风儿吹着我们”，“你看那万里东风浩浩荡荡，万里东风浩浩荡荡……”还有，“生产队里养了一群小鸭子，我每天早晨赶着它们到池塘去”，甚至还有，“两只老虎两只老虎，跑得快，跑得快，一只没有尾巴，一只没有耳朵，真奇怪，真奇怪”，等等，等等，直唱得他们泪流满面。他们一边唱着两只老虎一边流下百感交集的热泪。这童年的歌，没想到，竟唱到舞台上去了，不是他们，是李提摩太创建的那个学校的学生，可这有什么区别？仍然是他们。他们站在灯火辉煌的台上，没有化妆，就穿着家常的衣服，一排排地，也没有刻意地排列队伍，所以，看上去有些参差不齐，他们参差不齐地站在台上，用沧桑的喉咙，唱着孩提时代的歌——就像唱着圣歌。

把童谣唱成圣歌，那就是他们的特征，也许，是疾病。

二、小城女儿

现在，该说说那个小城姑娘潘红霞的来历了。这姑娘，她就生长在这里，几乎从来也没有离开过这城市。她的家住在一所中学的宿舍，很简陋的平房，单薄的青砖，没有暖气，冬天要生火炉取暖。很多人家共用一个老式的公共厕所。那公共厕所的墙上，总是涂写着一些骂人的话，比如:“潘红霞，王八蛋，小二人，不是人，是个小狗看大门。”“小二人”是什么人？谁也不知道，可人人都这么写。夏天，那里则到处爬满蛆虫，大人们撒下厚厚的六六粉或者是生石灰，在墙角、地板、便坑，白雪似的，呛得人几乎喘不上气，可那肥硕的蛆虫，却是前仆后继，杀不灭的。后来，在中学里，老师给他们讲过一首诗，说，“发如韭，割复生，头如鸡，切复鸣，人不畏死，小民从来不可轻。”而她，非常悲哀地，想起的不是别的，竟是夏天厕所里那生生不息的东西。那可真让人绝望。她不知道，其实，那时，她就已经种下了“洁癖”的病根。

她的父亲，是这所中学的会计，而她妈妈，则是一所小医院的护士。即使是在这样一座平凡的、不起眼的城市，她的家也属于普通到不能再普通的人家，简直不值一提。解放前，她妈妈做过助产士，自己挂牌营业，她爸爸则在旧政府里干一个小差事，总之，是灰色的背景，不红也不黑，没有荣耀也没有罪恶，非常暗淡平庸。潘红霞是潘家三姐弟中的老二，上面有姐姐，下面有弟弟，可以想象，即使是在这样一个人家，她也远不是最受宠爱的那个孩子。三姐弟里，只有她，是一生下来就被奶出去的，虽然，只奶出去一年多，可是，大概由于她身上沾染了别的女人的气味，她妈妈，就像母兽再也闻不到幼崽身上熟悉的味道一样，从此，就有了永远的隔膜。

本来，这样人家的孩子，这样的处境，她极有可能长成一个内心紧张、自卑、不苟言笑的受气包，可是奇怪啊，她却处处反着来。她爱说爱笑，活泼开朗，越长越鲜明嘹亮。她也从不记仇，就算有时明显地觉出了妈妈的偏心和不公道，她哭一阵也就丢在了脑后。在一个处处被忽略的家里，她反倒觉得自由自在，没有负担，她出出进进，哼着歌儿，似乎总在唱，总在说。久而久之，就算她闭着嘴安静地坐在那里，她妈妈也觉得有声音就在她身体里汹涌着，奔窜着，她妈妈就想，这个丫头她活得可真嚣张啊！她还想，这个丫头可不是个省油的灯。

也许，真的是别的女人的奶水，改写了她的命运，别的女人的奶水，救赎了她，将她从灰色的生活中拯救出来。当然，潘红霞一点也记不住奶妈的样子了，可那有什么关系？她已经在她的身体里了，她日日夜夜在这个孩子淡蓝色的血管里奔流着，温暖、欢畅，她就这样庇护着这个孩子，使她不堕入黑暗。

就连外貌，她也越长越不像潘家的人。她的姐姐和弟弟，都是清秀的，孱弱的，小骨架，皮肤苍白晦暗没有血色。而她，则是一副宽身板：宽宽的肩膀，宽宽的胯骨，结实、健壮，十四岁就有了十八岁欢腾的乳房。她还有一张向日葵般饱满的大脸，皮肤光滑，暗沉沉，如同蜜蜡。有时，对着镜子，她自己也很惊讶，她想，你像谁呀，潘红霞？想到自己和这世界上某一个人神奇地相像着，而她们彼此并不知情，她心里就滋生出一种莫名其妙的虔敬。假如，有一天，在某个地方，她走在路上，一个人忽然分开人群来到她面前，抱住她，叫她“我的孩子”，她一点都不会惊讶和怀疑。这就是她相貌的意义，她必定会被一个母亲从茫茫人海中认领。这是世上最自然不过的事，就像花开花落，就像所有的河流最终要流向大海。

必定会被认领，这是这孩子的信念，她相信这个。而且，她也曾经历了那狂喜——被一个朋友认领。那年，她十四岁，而朋友则是十八岁。那时，这座城市所有应该升入初中读书的孩子，全都停了学，他们拥有了一个长假。将近三年的假期，无论怎么说，都太漫长了一些。孩子们有的玩疯了，玩得过了头，做了“弟兄”和“姐妹”，有的玩腻了，变得百无聊赖。潘红霞就是百无聊赖、无所事事的那一个。她在家里，养过热带鱼，养过鸡，还喂过蚕。养鱼的时候，她今天跑到湖里去捞鱼食，明天去臭沙河臭气熏天的污泥里一条一条挖小红虫。养鸡的时候，则是到汾河岸边草滩里去捉蚂蚱，为的是让鸡吃活食多下蛋。她忙忙碌碌，似乎，没有谁比她更投入更兴趣盎然。为了养蚕，她更是不辞劳苦，几乎跑遍了整座城市去寻找一棵不存在的桑树。没有桑叶，她就采榆叶，用榆叶喂蚕是她的发明，而吃榆叶长大的蚕，居然，还吐丝作茧。她也学过女红，比如，用白棉线钩各种花样的手工艺品：茶杯垫、小桌布或者是一幅窗帘。可是，这一切，无论是蚕宝宝还是女红，没有一样，能真正填满她的生活。那所有的热情都是虚张和虚幻的热情，犹如一蓬茅草，一把火就能烧尽。后来，有一天，她忽然觉得生活变得不能忍受的无聊，似乎，除了灰烬一无所有。那些日子，她一个人从早到晚在校园里无所事事地四处游荡，深秋的北方，落叶满地，她踩着满地的黄叶，第一次感到了秋天带给她的忧伤。

然后，她就听到了那箫声。

那时，她不知道那是箫。在一个红色的壮阔的年代，在一个惨烈的年代，箫是多么不合时宜和落魄。她从没碰到过一支箫和吹箫的人，她听过笛子唢呐小号甚至单簧管可就是没有听过箫。

她不知道那是什么声音，起初，她还以为是一个人在哭，等她明白过来她就呆住了，秋风中，它的呜咽和诉说，丝丝缕缕，安静委婉地钻进她尚待开垦正空虚的心里，她开始寻找这声音，她穿过空无一人的操场，来到南楼，那是学生宿舍楼的别称。她走进在白天也需要开灯的黑暗的走廊，也是空无一人的，只有残留的大字报和满墙壁的标语。她上楼，一直上到顶层，三楼，她跟着那声音，经过一个又一个锁着或洞开却阒无人迹的房门，她穿过了整个黑洞洞废墟般的走廊，然后，她就看见了她。

一个姑娘，坐在窗下，垂着头，房门半掩，她只能看见一个侧影，还有，她手中那像笛子一样的乐器。后来，在潘红霞的回忆中，这一刻永远是不真实的，有如梦境（美好的东西也许都具有梦境般的实质），又像一个聊斋故事，在一座废墟般的建筑里一个人和一个异类相逢（那是最具想象力的奇遇）。她的心怦怦地乱跳，但是她并不害怕，她站在房门口，许久，像是被催眠，后来她不知不觉把房门推得大了些，吱呀一声，姑娘回过了头。

箫声住了，戛然而止。

潘红霞如梦初醒地冲人家笑了一笑，说："我不知道，笛子原来还能竖着吹。"

吹箫的姑娘也笑了。

后来，她就一直叫这姑娘"竖笛"。竖笛姐姐。她没有问起姑娘的名字，她听人家都叫那姑娘赵什么什么，她觉得那名字和自己没关系，“赵什么什么”是另一个人，属于大家，属于人群，而竖笛姐姐，则是她一个人的，永远。

其实，到这个时候，箫，或者，竖笛，已经变得不重要了。在她们两人的关系中，箫声是一个引领，它引领着这个寂寞彷徨的孩子来到她命运中一个重要的时刻。当“竖笛姐姐”诞生的刹那，箫的魔力就暗淡了，它变成了一种可以解释的人间的乐器。

“这叫箫，洞箫，”姑娘告诉她，“不过，你说得也不错，起初，它就是竖着吹的笛子，那时候，它叫‘篴’，也叫羌笛，‘羌笛何须怨杨柳，春风不度玉门关’，说的就是它。”

“哦——”潘红霞这样回答。

“只不过，那时候，它只有四个孔，还不是现在这样子。”

“哦——”

“古时候，箫分两种，排箫和洞箫，只不过，那洞箫不是这洞箫，是什么时候，把它——”她挥了一下手里的那管竹器，“才称作‘洞箫’的，我也不知道，不过，杜牧的‘二十四桥明月夜，玉人何处教吹箫’里的‘箫’，我想，应该指的是它。”

“哦——”长长地、类似呻吟地吐出一口长气。

迷住这个十四岁的孩子，是这么容易的事，就像水到渠成。仙女用手中的魔笛指引着，让她被认领，被一个朋友认领。魔笛指引了她，让她在人海中和这朋友相逢，否则，她们也许会对面相逢不相识。她无所事事，百无聊赖，她抛弃了所有孩子们热衷的玩意儿和游戏，那些鱼和蚕宝宝还有女红，她在秋风中一日深似一日的忧伤，原来，都是为了这一天，为了让她走到这里，这黑暗的没有灯光的走廊，被这个朋友认领。

竖笛姐姐。

在这之前，她从没这样痴迷过一个人，或许，以后也没有。那是她开天辟地的痴迷，那是比爱情还深的痴迷。这孩子的人生，因为这一天，被分成了两半，这一天是一个分水岭。这一天之前，是混沌的、黑暗的、荒芜的，犹如没有文明痕迹的史前期，而这一天之后，生活被火光照亮了，有了意义。

激进的学生们都杀向社会去闹革命了，显然，她不属于激进派，她也不属于任何一个群众组织。她独往独来，在岑寂下来的校园里，过着隐居似的生活。她好像也没有家，至少，她从没有提起过。她住宿的那座南楼，到夜晚，只有很少几个窗口，亮着灯光，而有的时候，亮灯的就只有那一扇窗户。远远望去，那一扇有光明的窗口，就好像南楼的心，证明着，南楼是不死的。

这时候，潘红霞就会温暖地揣测，这颗神秘的心里有着什么样的秘密呢？

竖笛姐姐的一切，都让潘红霞感到好奇，可是她不问。她不愿意破坏那神秘感。还有，这孩子她是知道禁忌的，许多的故事都告诉过她“禁忌”是怎么一回事，比如，田螺姑娘，比如，日本的仙鹤女，等等，当人间的好奇心被满足的同时奇迹也会随之消亡。她害怕的是这个，她懂这个。她天生地、懵懵懂懂地懂得一个大多数人不懂的事情：好奇心也是一种贪欲。

说来，被这孩子神奇化和诗化的那件事情，其实很简单，那就是，从竖笛姐姐那里，她懂得了阅读的快乐。竖笛姐姐教给了她读书。她借给这孩子书看，都是那些被宣布为“毒草”的禁书。这些书从哪里来，她不说，这孩子也不问。这就是那时代的奇处，也是它的有趣之处。那些书，今天一本，明天一本地冒出来，携带着和这时代格格不入的气质和精神，还有情感，秘密地完成着对这个孩子的启蒙和塑造。

那些书，今天一本，明天一本，如同涓涓细流，在这里，在那里，慢慢地，汇合成江河湖海，在许多孩子手里，传递着。这些孩子，散布在城市和乡村，散布在各个角落，可是，他们身上，似乎都有一种隐秘的标记，使他们很容易从人群中相互识别对方，就像《国际歌》对于共产主义者，就像几十年后的时尚青年，凭借着衣服的品牌、香水的气味、头发的样式、热爱的歌星来识别同类一样。现在，这孩子，也将成为他们中的一员，只不过，那时她还不知道这一点就是了。

那些书，今天一本，明天一本，传递着，到了这孩子手里，有时，就成了残缺不全的残书，不是缺开头，就是短结尾，要不就是有上册没下册，或者刚好相反。这种时候，竖笛姐姐就出场了，她总是在那些文字戛然而止的地方等待着这孩子，似乎，她知道所有的结局。她知道娜塔莎最终变成了怎样一个朴素而温暖的俄罗斯母亲，她知道在丽莎进修道院八年之后，拉夫列斯基怎样重归旧地，她知道渥伦斯基怎样卖掉家业招募骑兵，准备去塞尔维亚送死："一封信吗？不，谢谢你，去就死是用不着介绍信的，除非是写给土耳其人……"这痛苦的人最后在月台上这样说。她总是讲得很安静，不夸张，不渲染，可是却非常动人。那是一种才能，是孩子所没有的。这种时候，孩子就觉得，这个少女似乎也是书中的一个角色：遥远、神奇、迷人，不属于真实的生活。

真实的生活就在窗外，一墙之隔，高音大喇叭播送着各种海报和战斗的檄文。在过去的三年里，有多少大事已发生过了，许多人死于暴力、自杀，或在真枪实弹的武斗中丧生。枪声已不再让她们害怕，死亡也变得平常，她们早已看惯了那些抬着死者灵柩游行的队伍。而在更遥远的地方，地球的另一边，激进的青年人也在资本主义的老窝里刮起红色风暴，他们打街垒战、游行示威、罢课，还有，性解放和吸大麻。

可是，多么奇妙啊，她们，孩子和少女，却活在这一切之外，她们在享受着生活，享受着恬静的、深沉而甜美的生活，她们创造了这恬静然后再享受它，她们活得温情脉脉又义无反顾。也许，就是从那时候开始，孩子认定了一件事，那就是，虚构的人生远比真实的人生值得信赖。

这孩子身上，有一种异乎寻常的东西，也许，那是坚贞的狂热，是属于圣徒的品质。可她生活在俗世，这就埋藏了不幸。只不过，它隐藏得很深，不易觉察。这孩子的妈妈，就总是说这孩子“没良心”，是喂不熟的狗，是焐不热的石头。她一直觉得这孩子没有情感，心硬。而她自己则是心软的。她脆弱，爱哭，听到不幸的事情就同情伤心，看电影时比任何人都更爱流眼泪。可是，她的悲和喜，她的快乐和痛苦，她的爱意，没有哪一样能真正地伤害到她自己，它们从来不具备摧毁一个人的力量。

现在，这孩子有了一个朋友，没有人知道这件事对她的意义，是啊，这难道不是最平常的一件事吗？两个要好的女孩儿，天天在一起，又有什么奇处？她们钻在南楼那间背阴的学生宿舍，叽叽咕咕，说一阵，笑一阵，像两只快乐的鸽子。现在，时间快得简直像飞一样，不知不觉，一眨眼，就到了吃饭的时候，再一眨眼，天就黑下来。告别的时刻，孩子总是依依不舍，回到家，饭也吃不到心上，端着碗，魂还在南楼梦游。她妈见状，心想，太阳这是从西边出来了？她也有个牵挂的？倒要看看这新盖茅坑能有几日香！她妈就说，叫你那个赵什么什么来家里吃饭吧，不多她那一张嘴，省得你天天没魂儿！可是孩子不，她从不邀请这朋友到家里来，她不习惯当着家人的面表现她们的亲爱，那让她不自然，而任何不自然任何轻率的举止都会伤害到这爱的严肃和——贞洁。对了，是贞洁，这就是那孩子的奇怪之处，她贞洁和重如千钧地爱着，却不懂，那是人承受不起的爱。

她不邀请这朋友到家里来，不过，却会偶尔带一些好吃的东西到南楼去。有时端去一碗饺子，有时则是几块油煎带鱼。她端去那些东西，饺子也好，带鱼也好，放下，扭头就走，脸一直红到耳根，因为，她觉得自己这举止十分小市民气。可她又知道她吃食堂的朋友多么需要这些美食，学生食堂的饭菜，简直是可怕的。她左右为难着，苛责着自己，她就这么把一件十分简单的事情复杂化了。

西伯利亚的寒流，一次一次袭击着这城市，冬天到了。没有雪，却很寒冷。这是一个寒冷却很幸福的冬天，因为，这是一个和爱的人在一起的冬天。现在，孩子甚至有了在南楼留宿的经历，那是因为停电。在那段非常时期里停电简直是家常便饭。这一晚，孩子正在自己家里看书，忽然，电灯熄灭了。四周沉入黑暗。妈妈一边抱怨一边摸索着点亮了马灯，把它挂在墙上。那段日子这城市的人家差不多家家都备有一盏马灯，或是电石灯。孩子跑到窗口，向外眺望，对面，一片漆黑，那是让人丧失方向感的黑暗。南楼在哪里呢？她着了慌。那灯塔般的窗口，眼睛似的窗口，南楼的心脏，在哪里呢？惊慌中她似乎觉得挨过了很久，其实并没有几分钟，她等着黑暗中那一团柔弱的光明，可她等不来。她忽然想，她一定是没有蜡烛了，她被围困在黑暗里了。

这孩子回身，寻找蜡烛和手电，然后，她告诉妈妈，她说，我出去一下。她妈不用问，也知道她这是要去哪里。她妈说：“这么黑，你一个人，让你弟弟和你跑一趟。”她妈妈就喊她弟弟的名字:“小雷！小雷！”她坚定地说:“不，用不着。”她一个人出门了，一个人，走进黑暗。手电筒的光芒，软弱地，小心翼翼地，冲破着黑暗的阻挡，还有，严寒的阻挡，是她唯一的依靠。她穿过荒野般的校园，那本是她最熟悉不过的地方，从小长大的地方，种着平庸然而亲切家常的丁香、榆叶梅、杏树、马樱花还有她不喜欢的侧柏。没有一棵沧桑的老树。可黑暗使它变得这么凶险、虚无和陌生。她很害怕，可她没有退路，她就像一只萤火虫在永无尽头的黑暗里穿行。凭气味她知道自己走上了侧柏夹道的狭长的小路，路面冻得硬邦邦，不久前有个女孩儿在这条路上遭到了打劫。她想起这件事，撒腿跑起来。她跑进了南楼，一下子，掉进了一个更黑的坟墓和深渊。她站住了，原来，那黑是有重量的，强暴的，她和她软弱的光明，一点一点地，一尺一尺地，在黑暗的重压下，掘进着，她和她软弱的光明，一级一级地，一层一层地，爬行着。她心跳的声音简直比脚步声还要响，把她的胸都撞疼了。哦，总算，她爬到了楼梯的尽头，就像爬上了山的顶峰，在顶峰的地方，刚刚站定，她就听到了一个声音，声音说，“小红霞，是你吗？”

她回答，“是我是我！”然后就跑起来。她觉得自己得救了。她欣喜地朝她跑，现在，她终于看见她了，手电的光芒，一下子，把她从黑暗中打捞出来，她像神一样在黑暗中仁慈地显形。她欣喜地跑到她面前，还没站稳，就被对面的人抱住了，她一把抱住了这孩子，紧紧地，这是从没有过的，她从没有过这样冲动这样忘情的举止，孩子把脸贴在她肩头，一下子，就哭了。

冷汗这时早已把孩子的头发、内衣浸得透湿。

后来，她说，“小红霞，要是没有你，我怎么办呢？”

就是因为这一句话，这孩子留了下来。以后，所有停电的夜晚，她都来和她做伴。她知道了，这个大朋友，她的竖笛姐姐，无所不知的人，也有非常需要她这个小朋友的时候。这想法叫她那么快活，停电的夜晚从此变成幸福的夜晚。她们点起蜡烛，烛光使简陋寒伧的房间有了一点浪漫的情愫，这种时候，就是一言不发，也是快活的、情意绵绵的、肝胆相照的。如果有好月光，她们就干脆连烛光也不要，她们吹灭蜡烛，让月光从没有窗帘的肮脏的玻璃窗外涌进来。这是最诗意的时刻，她们并排躺在她朋友那张单人床上，亲密无间，就像一对恋人。窄窄的一张床，可孩子一点不觉得拥挤，她听她讲故事，一边闻着对方纯洁的体味，从头发中飘散出的淡淡的暖暖的馨香，觉得自己的身体在幸福中荡漾着。她温柔地想，我会永远爱她，永远。

这个“永远”，她说得太轻易了，那是因为她还不知道什么是永远。一切结束得太快，事前，几乎没有一点痕迹。那是春节前的几天，春节前照例有一番忙碌，家家洗衣服、拆被褥、擦玻璃、打扫卫生、排队抢购年货，孩子家也一样，有两天她被家里的杂事缠住了，没有腾出工夫去南楼。第三天，她偷空跑去看她，却发现，门锁着。她以为她是出去买东西了，就在楼道里等，她等了半个小时，也许，是一小时，她没有表，不知道时间。她等啊等，却怎么也等不来她。这是以前从没有过的，她有些着慌，可是天马上就要黑了，家里还有一堆没干完的活，她只好郁郁地回去。那一晚，她一遍一遍地抬头看对面的南楼，可那扇窗户一直黑着。南楼始终黑着，黑沉沉的，就像死了一样。

第二天一早她就又跑去了，门还锁着，一把黑色的铁锁，很结实，将军不下马的那种。门上本有一块镶玻璃的小窗口，可是让她用报纸糊得严严密密一点消息也透露不出。她猜不出发生了什么事，她去了哪里。她只有等，守株待兔地等。她站在那里，后来就坐下了，坐在冰冷的水泥地面，背靠着那扇门——那扇岿然不动的仿佛被施了咒语的房门，蜷起双腿，身子缩成一团，好像，这么缩着，她就能被那扇房门吸进去似的，她就能被它发慈悲吸进去似的。这傻孩子，不屈不挠，等她不告而别的朋友，等了整整一天。

傍晚，她弟弟找到她的时候，她就那么坐着，蜷成一团，胳膊紧抱着膝盖。她弟弟喊她，叫她，拉她，她不动，也不理，就像一个坐化的石像。她弟弟害怕了，跑回家，喊来了妈妈和姐姐。她妈妈劈头盖脸一巴掌，打醒了她。她妈妈冲她吼道：

“你个傻子呀，快过年了，谁不回家过年？”

她仰起脸，呆呆地，望着妈妈，眼里慢慢慢慢涌出眼泪。她妈心里奇怪地一痛，她想说一句温柔的话，可犹豫着还没说出口，那孩子却已经慢慢站起身，一言不发地走了。

夜里，南楼仍然漆黑一团，黑着，没有消息。

天一亮她又去了，还是那把铁锁，将军不下马，结结实实，封锁了一切。她扑到门上，绝望地发抖。那天，是旧历除夕，一个欢乐的日子，团聚的日子，可是她丢了一个亲人，一个至爱的亲人。团圆夜的饺子，香喷喷的，放了很多肉和韭黄，可是她咽不下去，她刚吞下去一个就哽咽了。她强忍着不让自己哭出来。人人都很快乐，半导体收音机里，喜儿在那里欢快地唱，“人家的闺女有花戴，我爹钱少不能买，扯上二尺红头绳，给我扎起来……”连喜儿和杨白劳都快乐着，只有这孩子，忍受着煎熬。

从那以后的每一天，这孩子都忍受着煎熬。她根本不相信她妈妈的话，她妈说谁能不回家过年呀？那个赵什么什么，人家是石头缝里蹦出来的不成？可是她不相信这样一个平凡又残忍的理由，不相信她会不和自己道别就去独享团聚的欢乐，就像她不相信煤是白的、冰是热的、太阳会从西边升起一样明了简单。她一定是、一定是出什么事了，孩子想，她一定有不得已的理由，神秘的理由。可那是什么理由呢？

一夜又一夜，南楼黑着，黑沉沉的，闭着每一只眼睛，死了一样，没有呼吸，没有脉搏，没有体温，没有表情。一个无人居住的废楼到夜晚总给人荒凉的神秘之感。也许，发生在那里的事，都有点神秘的因果吧？想想，一个人出其不意地、突然地出现，又出其不意地、突然地消失，来无影，去无踪，或许，只能是这样，这就是结局，没有解释。

孩子用神秘的理由安慰着自己。

三月里的一天，一个夜晚，她在家里看书，都要睡觉了，忽听她妈“咦”了一声，她抬起头，看见她妈站在窗前，正朝外面张望。几乎是同时，她就看见了那个奇迹：那灯光，她窗口的灯光，亲人的灯光，亮了，星辰一样，从夜空中浮出。黑沉沉的南楼，这一夜，复活了。

她站起来，撂下书，二话不说，就冲出了家门。她一路狂奔，穿过家属院，穿过校园。夜风中已经有春天的气味了，大地在苏醒，万物在苏醒。她闻到了树们只有在春天才吐露的那种苦涩和新鲜的清香。她吸进这香气，泪流满面。她泪流满面地狂奔着，奔进南楼，一步几阶地，奔上楼梯。拐弯的时候她甚至被黑暗中的楼梯绊了一下，摔倒了，膝盖磕在了楼梯牙子上，可那有什么关系？她爬起来，在黑洞洞的走廊上，继续跑，果然，哦，那可怕的、折磨人的、壁垒森严的“将军不下马”，没有了，不见了，门虚掩着，泄漏出光明的秘密，起死回生的秘密。她一下子撞开门，闯进去。

她在。真的在。

她弯着腰，正在整理床铺，头发披散下来。又是那个美丽的侧影，她最好看的一个角度，孩子第一次看见她的时候就是这个美不胜收的侧面，吹箫的姐姐。听到响动，她回过头，直起身来，快活的脸上一下子露出惊讶的神气，

“咦？小红霞？你怎么了？”

孩子喘着气，泪流满面，一路狂奔使她的脸色变得月光一样惨白。她说不出话，只是望着她，这失而复得的珍宝。泪水使她看不清对面那张脸。她长长地、长长地抽泣一声，终于开了口，她声音发着抖，她说：

“你到哪儿去了？”

“我？”她笑了，说，“我回家去了呀，我家里来电报，让我回家过年，走得太急了！”她望着孩子，问道，“你以为我去了哪里？”

她回家了，她回家过年了。孩子只听见了这个，其他的，什么也听不见了。其他的，也都不重要了。她还在说，花朵般艳丽的嘴唇，一张一合，一张一合。可是孩子听不见。终于她住了嘴，她走上来，扳住了孩子的肩头，怜悯地问：

“小红霞，你怎么了？”

孩子摇摇头，泪水扑簌簌无声地往下落。她安静地说：“我要回家了。”她沿着来路回家去，夜空下的校园，湿润，清香，黑暗，没有路灯，所有的路灯都被人敲碎了。她在黑暗中走了一会儿，突然蹲下来，像肚子疼一样紧紧地伏下身去，哭了。

她从不打听不该她打听的事，她一直克制着自己的好奇，这世上，有不好奇的孩子吗？可是这孩子她克制着，她不追问，不探究，因为，她相信那些神秘的事情，她害怕真相大白，亲人变成仙鹤飞走了，白娘子还原成白蛇了……可是，她严守着禁忌却还是知道了真相，那就是，她用全部生命去爱的那个人，并不爱她。

她不爱这孩子。

或许，也爱，只不过，爱得很浮浅，很随心所欲、蜻蜓点水，很点缀。她是那样一种人，可以把爱分成许多种：爱情、友情、亲情，这之中有差别有轻重。可是孩子不，孩子只知道，人世间，爱，永远只有一种，那就是，全心全意、肝胆相照、以命相许。

那一夜，孩子悲痛欲绝，她哭得站也站不起来。回到家时已是半夜，家里人都睡了，给她留着门。她连衣服也没脱就倒在了床上，她没有脱衣服的力气了，她累得快要虚脱了。她打着寒战，牙齿嘚嘚地抖个不住。她像只寒号鸟一样哆嗦。她昏昏沉沉，发着抖，一会儿清醒，一会儿迷糊，好像在巨浪中颠簸。天快亮时她母亲起夜，发现这孩子不对头，一摸她额头，烫得怕人——孩子病了。

她病势汹汹，活了十四年，第一次，发这样高的高烧，高烧持续了几天，退烧针的作用一消失，高烧就又轻车熟路地回到她体内。没有感冒，也没有任何炎症的迹象，只是神秘地发热。那是无药可治的青春期的疾病，她内行的母亲这样想。果然，差不多一周之后，那神秘的高烧就像来时一样，突如其来地消失了。她瘦了一圈，可是，病愈了。

病中，她朋友来看过她，她朋友终于找到了她家里，还给她带来一本书。看到她，孩子仍然、仍然抑制不住自己的情感，她坐在她床边，说:“怎么搞的小红霞？”一句话，孩子鼻子就酸了。她的笑容，她梦一样不真实的声音，还是让孩子不由自主地喜欢和沉迷。可是，孩子知道，潘红霞知道，一切都过去了，都过去了。

十年后，那感觉，那体验，爱一个人的幸福和痛苦，爱一个人的折磨，永恒的折磨，又一次地，卷土重来。

三、水声浩大的夜晚

五月里的一个星期天，潘红霞从城里乘公共汽车返校，她挤上车门刚刚站定，有人从后面拍了一下她的肩膀。

“咦？”她回过头来，看见了刘思扬。“你眼睛可真行啊，”刘思扬说，“你在下面我就看见你了，直冲你招手，你一脸凛然，视而不见。”

“我没看见呀。”她辩解着，脸竟然红了。

两个多月来，这是第一次和这个人，单独在一起。离得这么近，几乎是挨着，面对面地，看着他的眼睛说话。这让她觉得有点手足无措。

“你家在这附近住啊？”他问。

“对。”她回答。想了想，忽然说，“我还以为你不认识我呢。”

“不认识你？”他奇怪地盯着她，咧嘴笑了，“是不是你还不认识我？那我来自我介绍一下，刘思扬，我们好像是一个班的。”

"是一个班的。"她回答，也笑起来，可你并没有回答我的问题，她想，我是谁？噢，人不能太贪心哪。她的脸又无端地一热。

"进城去了？你一个人？"她没话找话。

"去亲戚家了。"他回答。

"你有亲戚在我们这儿？"

"远亲，我母亲的表姐，我得叫表姨，"他说，"是刚刚联系上的，以前，我插队的时候，每次回家，都得在这儿倒车、中转，经常在候车室里过夜，在澡堂子里过夜。那时候我一点儿都不知道这里有一亲戚，"他笑了笑，"现在知道了。"

他说得很平静，轻描淡写，这是他说话的风格，可这几句话却让这个没有什么经历的姑娘怜惜。她见过那些在候车室里过夜的知青们，没有钱住旅馆，无论他们穿得多么破烂，可你还是一眼就能从人群中认出他们。他们会在黎明时分来到站前广场，花一角钱，买一盆洗脸水。站前广场上，亮着一盏一盏电石灯，每盏灯下，都有一个小小的茶水摊，坐着一个脸像木刻一样的老太太，不光卖大碗茶，还卖茶叶蛋和热的洗脸水。

她喜欢他说话的方式，从不激昂，却有点弦外之音。她还喜欢听他说话的声音。她对声音很敏感，就像有的人对香料敏感一样。有的声音她一听就过敏，比如，很奇怪，她不能听别人吃苹果，那咔嚓咔嚓汁液四溅的声响会让她一下子起一身鸡皮疙瘩。小时候，有一个男老师，教他们数学，那男老师说话声音非常尖厉，像一个女人，又像某种锐器摩擦，她一上他的课就心神不宁，混乱，恐惧，痛苦，想逃跑。结果数学成绩一塌糊涂。可有的声音却让她无端地信赖和痴迷，比如，这个人的声音，这个她几乎还毫不了解的陌生人。

那是开学第一周，在第一次班会上，辅导员让每一个人上讲台做自我介绍。那天他走上台说："我的名字很好记，刘思扬，看过《红岩》的人都知道，我和小说中一个烈士同名。我走到哪里，都有人问我，你原来就叫刘思扬吗？是不是后来改的名字？我估计，在这里，也会有人这么问的。所以，我想一劳永逸地告诉大家，我一生下来，就叫这个名字，是我爷爷给我起的，从来没改过，以后大概也不会改，除非我再给自己取个笔名——假如我有一天想当作家的话。"

这一番话，假如，换一个人说，或许给人哗众取宠之嫌，可是他却说得非常沉静，而且，诚恳。他刚一开口，她就被他的声音迷住了，是那么清澈的声音，安静、空旷和晴朗，像秋天高原上的阳光，清澈得让人心疼。她很惊讶，她不知道粗粝的、粗暴的生活怎么能使一个人的声音不受一点损伤？

当晚他们班组织了一次联欢会，她又一次听到了那声音：他独唱了一支歌，《怀念战友》，是《冰山上的来客》中的插曲：

天山脚下是我可爱的家乡，

当我离开她的时候，好像那哈密瓜断了瓜秧。

白杨树下住着我心上的姑娘，

当我与她分别后，好像那都它尔闲挂在墙上……

他唱得极其动人和悲伤，她热泪盈眶。这是一支和他高原雪域般的声音相得益彰的歌。这是他的歌——从那天起她认定了这个。她在他的歌声里打着寒战。从此她不能再听任何人唱这支歌了，这支世界上最好听最悲伤的歌。

那天，她在自己的日记本里写了这么一句话，她写道："潘红霞，人不能被同一块石头绊倒两次。"她莫名其妙地写了这么一句话，没头没脑，自己也觉得奇怪，想想，又用笔把这一行字涂掉了。

在班里，系里，甚至，整个学校，刘思扬都算得上一个风云人物，人人都知道他全地区第一名的成绩，那成绩本来是可以进北大的呀。他几乎就像一个传说中的角色。开学两个月来，他没有和潘红霞说过一句话，可突然间，他像一个老熟人一样，在拥挤的公共汽车上，和她如此亲热地打着招呼。

一路上，他们说着闲话，关于这城市，他问东问西，比如，"东营盘"为什么叫"营盘"？是不是从前驻兵的地方？还有，"缉虎营"又是怎么一个来历？这些问题，她一个也答不上来，关于这城市的知识，她清白得就像一张白纸。她一问三不知，倒让他惊讶了，他说：

“哦，我忘了，你们女的都不关心这些事儿。”

你们女的，包括谁？潘红霞不知道。可潘红霞知道在他的历史他的生活中，是有“女的”的。那时学校里已经在流传着关于那个女生的故事。那女生，就是那个在古城墙上和他幽会的女友，先他一年，上了北京的一所大学，当然那是被推荐去的，最后一批工农兵学员，一个终结者。在那里她移情别恋，爱上了一个学外交的男人。至少，这算一个故事，一个悲剧故事，可是从他平静的甚至是快活的脸上，你看不到这故事的一点蛛丝马迹。潘红霞想，他是深不可测的呀。

开往城外的公共汽车，渐渐地，乘客稀少下来，有了空座位，可他们不坐，仍旧站着。天黑下来了，路灯在某个刹那突然亮起来。可车厢里黑着，只有在停靠站的时候车门处才亮起一盏暗淡的小灯。他们都不再说话了，看着外面，外面是一个天一黑下来就要沉睡的城市，沉闷无奇的城市，从外表到内心都平庸拘谨的城市。他忽然开口说：“你就是在这里长大的吗？”

她回答：“对呀。”想想，又说，“从来没离开过。”

“哦——”他说。

她不明白这“哦——”的意思，是怜悯吗？好像，在这里长大是不可思议的。但就在这时车到站了，是他们的车站，在这里下车的差不多都是那学校的学生。此时，也没有几个人，一下车，就被黑暗吞没了。那是一条连灯火也没有的小土路，却有着哗哗的水声。他们都知道那是一条灌渠，和他们的小路纵横交错着，形成一个长长的十字。一座水泥小桥横在灌渠之上连接了道路。他们走上桥面，渠水的声音变得浩大起来。四周都是菜田，黑魆魆的，空气中飘散着新鲜粪肥的味道。在菜田的尽头，在靠近坝堰的一片开阔地带，有一大片苗圃，那里，生长着成千上万棵北方的幼树。

“你总是这么晚才回来？”他忽然打破了他们之间短暂的沉默，“一个人走这儿，不害怕？”

“不，不怕。”她回答，过一会儿又说，“我喜欢在黑夜里看见学校。”

“为什么？”

这时，他们刚好拐过一个弯，立刻，那一团光明，远远地，在黑暗的深处，尽头，像突然吐露的璀璨又神秘的心事，幽静地，出现在夜行人的眼前。她的声音变得很温柔。

“你看，”她说，“就为这个，这是我见过的最美的美景。”她的声音此刻听上去像一个成熟圆润的女人，“这让我幸福。”她停了一停，朝他转过了脸，“刘思扬，你该笑我了吧？”

“不，”他回答，在黑暗中望着她仰起的脸，被夜色修饰过的光洁奇妙的脸，那上面，有一种极其严肃的、似乎是性命攸关的东西，是他不能了解的，却异常动人。“不，”他说，“潘红霞，你是叫潘红霞吧？我真羡慕你。”

他说，我真羡慕你，她不知道这话的意思，始终不知道。这话，在她的耳边、心里，后来就是在梦中，一遍一遍重复着，像神的语言，无法破解，可是，却甜蜜诱人。它甜蜜诱人地折磨着这姑娘。她感到了巨大的危险，那危险来了，熟悉的、可怕的、致命的危险，向她逼近，仿佛命运在敲门。可她势单力薄，根本阻挡不了那危险的到来。那危险就是：对一个人一见钟情毫无希望的爱。

其实，已经不是什么秘密了，很多人都看出来，他们在好。这个“他们”，是指刘思扬和陈果。

似乎，他们从前就认识，插队的时候，就有过交往，彼此知道对方的故事。他们插队的地方，都在狭长的河谷平原上，刘思扬的村庄，更接近山区，而陈果的村庄，则要平坦富庶一些。

他们属于一个共同的圈子，都出自京城名校，有许多共同的熟人、朋友，有相似的历史和经历，注重内心与精神生活，读过差不多的书，喜欢共同的音乐，比如，“贝九”“柴六”等等，当然也喜欢忧郁的俄罗斯歌曲。他们还有机会读别人读不到的灰皮书，像《新阶级》《带星星的火车票》《麦田里的守望者》等等，这种知识优势使他们成为蔑视小市民的精神贵族。他们大多还都有游历的经历，到过许多地方，大多是扒火车去的。若是他们回北京休假，你就会在“老莫”——莫斯科餐厅这样的地方，看到他们一边熟练地使用刀叉一边大呼小叫欢聚的身影。

在这小城，在这默默无闻的学校，他们自然很容易亲近起来。就算从前他们不认识，也很容易从人群中相互识别出同类，那是不费吹灰之力的事。他们惺惺相惜，至少，都知道是因为年龄或是志愿报得不合适，一句话，运气不好，才落到了这里。这样的人，虽说并不是只有他们一个两个，可分散在各班各系仍旧使他们显得鹤立鸡群。一只孤高的鹤碰上了另一只，除了惺惺相惜、相濡以沫，还能怎么样呢？

陈果很漂亮，只不过，漂亮得一览无余没有回味。有时她脸上会有一种很严厉的表情，不容易亲近。看上去她要比实际年龄——三十岁更苍老一些。她肤色很白，白得高贵又死气沉沉，眼睛很大，很深，像维吾尔族人的眼睛，眼光却是锐利的。可是这眼睛望着刘思扬的时候会突然柔和下来。他们在校园里出双入对，一块儿去图书馆阅览室，上大课时互相占座位，晚饭后在河堤上散步，星期天一起进城、逛街，所有这一切，这“好”，大家都认为是意料之中的事，是一个预设的结局，没有悬念可言：假如他们“不好”，那才是奇事呢！

潘红霞知道这个。

她们住同屋，她们俩，陈果和潘红霞，都住上铺。起初，安排寝室时，她俩的名字其实都贴在下铺上，她们不约而同地和人调换了铺位。后来，有一天，陈果问潘红霞，你为什么不愿意住下铺呢？潘红霞坦白地对她说：

“我不喜欢别人坐我的床。”

她反问：“你呢？”

陈果笑了：“答案相同。”

原来她们都不同程度地患了洁癖。陈果的病症要更重一些，以后，会越来越重，最后发展到无论走到哪里，她都会随身携带一个小坐垫，她坚决地拒绝着和别人的臀部共享一个座位。当然，这是很后来的事了，几乎是传说中的事了。而此时，在欢乐的一九七八年，她的病症，还在别人能容忍的范围之内。

是这点共同之处吧？陈果在班里的女生中和潘红霞最为接近。晚饭后，她们有时会一起出去散步，第一次去河边，就是她们俩一起去的。她们在旷野中探着路，后来她们就骄傲地认为通往河边的路是她们发现的。没人和她们较这个真，没说那条路是她们开出来的就已经很有自知之明了，是不是？她们俩还曾经穿过地下桥到河的那边去，那地下桥，其实是一条地下隧道，离她们学校不远，永远，有兵在站岗把守，可潘红霞她们一直固执地把那隧道称作“地下桥”。一九七八年，地下桥是不允许行人随便通过的，可她们说服了卫兵，竟放她们进去了。这一下，她们有了从河流之下穿行的体验。她们走着，而那条千古的河流，就在她们头顶缓缓地流淌。

陈果有时还会给潘红霞讲一些故事，插队的故事，还有，那著名的一零一的故事，那里的同学，谁谁谁的女儿，或者，谁谁谁的儿子，怎样怎样，都很遥远，而且，离奇。那些故事，那些人，是穷尽潘红霞这一生也无法经历和结识的，属于天方夜谭。只是，陈果在这些故事中，隐藏得很深，她很少提及自己的事情，这更让人感觉到她的神秘。而潘红霞，是天生喜欢那些神秘的事物的，她问自己，喜欢陈果吗？回答要迟疑一下，迟疑一分钟，然后是，喜欢。

可是，五月的晚上来临了。那个美好而黑暗的夜晚，命运敲门的夜晚，渠水浩大地响着。第二天傍晚她一个人又来到了灌渠边，她站在水泥桥上，望着下面平静的浊流，她再也听不到那浩大的、动人心魄的响动。她忽然非常难过。她知道这才是真实的，真实的景象，可是，问题是，有什么力量，可以改写已经过去的那个晚上？

她站在那里，等待天黑。然后，她在黑暗中沿着昨夜的路走回去。当她一下子看到灯光，看到灯光像朵大菊花被黑夜芬芳地托举出来的时候，她哭了。她想，你真不幸啊潘红霞。

她希望他们仍旧像陌生人一样，不说话。可是不可能了。他们认识了。他总是友善地和她打招呼，“干什么去潘红霞？”或者，“潘红霞你看见那谁了吗？”潘红霞，潘红霞，他叫得那么流畅，没有一点阻碍，可是他用“那谁”来代替那个人所共知的名字——陈果。

夏天到来了，现在学校四周非常美丽，青纱帐起来了，每一棵玉米怀里都揣上了玉米棒子，像一个个幸福的母亲怀抱着红头发的小婴儿。菜田里，各种蔬菜花开得十分绚烂。河水蒸腾着热气，夜晚，就是在校园里，似乎也能隐隐听到河边的蛙鸣。现在，晚饭后，就是最用功的学生，也喜欢走出校园到这欣喜的田野中来了，感受大自然沉静的欢腾。这天，潘红霞想一个人去河边走走，一出校门，就看见了他们，刘思扬和“那谁”，他们正站在那里说话。

“嗨，潘红霞，”刘思扬看见了她，“是不是要去河边？”

他们大概是要去河边吧？她想，她迟疑一下说：“不，我只在附近走走。”

“天还早，一块儿去吧，正好有事要商量。”他这么说。

有事要商量，是什么事？这当然是一个无法拒绝的理由。他们就一起去河边了，三个人，走上了坝堰。天空非常静谧。夕阳还没有坠落，河水、草滩、树林，还有，掠过河面的鸟、草滩上晚归的羊，全都融入令人心颤的金色之中。他们就站在那里，看夕阳西坠的美景。

“不是有事要说吗？”“那谁”第一个说话了，她不喜欢有人和他们一起分享这心心相印的静谧，“蚊子马上要出来了，已经出来了。”她啪地拍了一下赤裸的胳膊，打死一只蚊子。“是这么回事，我们——”刘思扬说“我们”，是一种强调，“我们想成立一个文学社。”

“文学社？”

“对，”刘思扬说话了，他不满意“那谁”傲慢的语气，“潘红霞，你愿不愿意也做一个发起人？”

“我？”她大吃一惊。

“你我，她再联络几个同学，大家一块儿发起。”刘思扬回答。

后来，那一晚，潘红霞，还有“那谁”——陈果，始终很沉默，只有刘思扬一个人，高谈阔论。晚自习后，一块儿回寝室的路上，陈果忽然问潘红霞：

“你们好像很熟啊。”

她没有提那个名字，她，潘红霞，也没有装糊涂，她坦白地，非常坦白地望着陈果的眼睛，回答说：

“不，一点儿也不熟。”

她没有撒谎，他不是她的熟人，永远也不是。不是千百个熟人中的某一个，和你的生活一辈子也不发生深刻的关系。他不是那样的“熟人”，要是那样她就不会这么痛苦了。

现在，他们经常地在一起了。因为“红钟社”，因为小说诗歌。他们的话题，不再仅仅是“潘红霞你看见那谁了吗”，他正在和她“熟”起来，像和社里的其他同学一样。她几乎是绝望地抗拒着这“熟”，那是他不知道的。他觉得这女同学人很不错，善良、聪明，有着小地方人的多愁善感和纯洁，读过不少书，辫子梳得别具一格。“是个好姑娘。”他置身事外地这么想，就像想象所有那些美好却与己无关的事物一样，非常愉快。

而他在热恋，这是一个公认的事实。他们很般配啊，大家想，一对寂寞的“大龄男女”，终于有归宿了。久而久之，热恋中的情人，变成了大家派给他们的角色。午休时间，他和陈果，躲在教室里说话，若这时有人进来，拿东西，或者，想赶一门作业，一看他们俩，“哦——”一声，马上退出去。谁会那么不近人情地打扰人家呢？除非，特别特别没有眼色的人。当然，这样的人不是没有，比如，小玲珑。小玲珑才不管那么多，她大摇大摆走进来，看见他们，就说：“咦？你们也在呀？你们不午睡？”非常无辜的样子，然后，坐下来，襟怀坦白地干自己的事。

要是有人说她：“你怎么这么没眼色呀？”她就会很冤枉地喊起来，说：“我是心底无私天地宽呀。”这么一说，倒好像，人人都心怀鬼胎似的。

可谁又能拿小玲珑有什么办法？一个班里，她年纪最小，十九岁，是唯一一个应届毕业生，比班里最大的老大哥老余，老高三的，整整小一轮，十二岁，比刘思扬陈果们，小十一岁。人又伶俐可爱，长得又漂亮，小下巴翘着，是全班的宠儿，你说，她就是存心捣个小乱，你又能拿她怎么办呢？何况她又是真的没心没肺。

小玲珑当然只是个绰号，她原本姓一个很有气势的姓：呼延，呼延小玲，可是“呼延”这姓太不适合她了，人们一叫“呼延”，马上想到的就是一个古代的将领，武士，人高马大，满脸络腮胡子，可她身高还不足一米六，皮肤白得像雪，和“呼延”简直风马牛不相及。于是，大家都叫她“小玲珑”，也不知是谁第一个叫出来的，反正，叫成了正果。

小玲珑天真烂漫，坚决不遵守约定俗成的一切规则。只有她，敢随心所欲开任何人的玩笑，口无遮拦。这“任何人”中当然包括刘思扬，可这本来是属于陈果的特权啊。小玲珑哪管这一套？她当众嘲笑刘思扬说话的腔调，她说：“刘思扬，你哪怕就是说‘我要上厕所’，别人听着也像是在朗诵。”人们都笑了，可不就是这么回事？陈果有些恼火，她等别人笑过后，说道：“这有什么？这是宣叙调。”宣叙调把小玲珑震住了，她不知道“宣叙调”是什么东西，可她知道那一定是个高级的玩意儿，陈果嘴里说出来的嘛。但是后来她知道了，后来有一天，电视里恰巧转播中央某个歌剧院刚刚排演的歌剧《茶花女》，她坐在亲戚家里一台九寸的黑白电视机前从头到尾看完了它，然后，冷酷地一笑：现在她终于知道“宣叙调”了。

那天回到寝室，她站在门前敲门，一边模仿着美声的发声，唱道：“给我开开门——”门开了，是陈果，惊讶地看着她，她又模仿着美声的声音，唱道，“谢谢你，谁和我去打开水——”一屋子的人，莫名其妙地，笑成一团。“小玲珑你吃错药了？”人们冲她喊，她不理，只管继续唱她的美声，见什么唱什么，“谁用了我的脸盆——”有人捂住了耳朵，说：“小玲珑你再唱，我们就把你扔出去了！”她这才住了口，一本正经望着大家，说：

“别惹我，惹急了，我让你们统统去听歌剧——听宣、叙、调！”

第二天早晨，在教室里，小玲珑经过刘思扬身边的时候，站住了，悲悯地看着他，半晌，说道：

“你真不幸啊。”

他莫名其妙，摸摸自己的脸，笑着问她：

“慈悲的姐妹，我怎么不幸了？”

她意味深长地笑着，飘然而去：小玲珑不负责解释。大家都觉得莫名其妙，可又有谁拿小玲珑的话当真？刘思扬身后的老大哥，他们的老余，余得海，冲着她的背影大声说道：“哟，小玲珑得仙悟道了？”大家哄然一笑。是啊是啊，得仙悟道了，要普度众生了。教室里笑声朗朗——小玲珑永远给人带来意想不到的快乐。

潘红霞转过脸去。

她转过脸去，望向窗外，外面，是平坦的、洒满阳光的操场，体育系的学生们正在训练。一个年轻的女人，她认出那是胸部高耸的女体育老师，人家都叫她“挺拔”，二十年后人们会称这样的女人“大波”。“挺拔”或者“大波”穿一身红运动衣，正在舞剑，潇洒极了。她手中的长剑被阳光照透了，雪亮的剑光，嗖嗖嗖地，在空中搅起美丽的杀气。对了，潘红霞终于想明白了一件事，从昨晚，到今天，她看见了刀光剑影。

可怕的小玲珑。

她感到心惊。

在最炎热的日子里，一个学期临近尾声。复习，然后是期终考试，左一门，右一门，一门一门考下来，就是幸福的假期。多少年来第一个暑假来到了。外地的同学纷纷离校，刘思扬和陈果也要回北京了。他们当然是乘同一列火车。临行前，刘思扬到寝室来帮陈果拎旅行袋，那旅行袋很沉重，里面装了十几瓶“老陈醋”，是这城市最著名的土特产。除了潘红霞，寝室里其他人都走光了，刘思扬快活地向潘红霞告别：

“潘红霞，祝假期愉快！”

她送他们到楼门口，老余和班里另外两个男生，准备骑自行车带他们去火车站。他们一大群闹闹吵吵咣咣当当出发了，一点儿也没有离别的伤感。他们归心似箭地朝他们亲爱的北京飞奔而去，朝他们愉快的假期飞奔而去。“潘红霞，祝假期愉快！”那是他们对自己的祝愿，与潘红霞无关。

她不愉快。

一天一天地在家里，无所事事。她好像不习惯“在家”了，弟弟也放了假，从酷热的火炉武汉回到了家里。弟弟和她同一年考取了大学——长江边上的武汉大学，别提母亲有多骄傲了。这清贫的家里一下子出了两个大学生啊。就连结了婚的姐姐随后也考取了“电大”。她发现她母亲说话的嗓门一下子变高了，又高又尖，似乎，回到了少女时代，让她感到陌生。

家里很喧哗。搬了新房，是两居半的那种单元房，狭长的过道，小小的门厅。永远有人来找弟弟，都是他高中的同学，如今分散在全国各地的大学校园，假期聚在一起，高谈阔论。她常常下厨为他们做饭，那是她愿意做的事。她愿意用一块肉一条鱼一堆青菜还有酱油味精花椒大料生葱熟蒜这些五花八门的东西把她的一天填满。她不快乐，谁都看出了这一点，一天晚上，弟弟送走了他的朋友，推门走进了她小小的那间蜗居。

“二姐，”弟弟很亲热很体贴地叫她，他很少叫她姐姐，总是直呼其名，“二姐，你是不是失恋了？”

她大吃一惊。

她否认，说，瞎说，没有的事。可是弟弟不相信。弟弟说，二姐你是最让人不放心的人，你最可能干傻事，把自己弄得遍体鳞伤。他说到“遍体鳞伤”，声音忽然沙哑了一下。这让她非常感动。她忽然温柔地伸手摸了摸他的脸，无声笑了。

“你放心，不是你想象的那样。”她说。

她没有失恋，她是在爱，爱得又坚贞又绝望。她绝望地、奋不顾身地爱着一个不可能。不是说过了吗？从小，她身上就有一种异乎寻常的东西，有一种坚贞的狂热，那是圣徒的品质，这使她的爱，随时可蜕变为献身与牺牲的激情：她爱的不再是一个尘世间的人，而是一个信仰。

她想念他，想念真是折磨人啊。在和弟弟谈话之后的这一晚，她彻夜难眠。她几乎是在一秒钟之内就做了一个决定，第二天一早，她跑到火车站，排队买了一张当晚赴北京的硬座火车票。她属于带薪上学的大学生，因为她刚好有八年的工龄，所以，在同学中，她属于“有钱阶级”，每月，有三十八元五角钱，一个二级车工的收入。平时，她省吃俭用，有时会给弟弟寄点零花钱去，剩余的，就存起来。现在，这钱终于派上了用场。

她来到了北京，他的城市，他的家。那是她平生第一次走这么远的路，也是平生第一次看见这个伟大的都城。她不辨东西，毫无方向感，晕头晕脑，可她很高兴。她终于和他在一个城市了，感受着同样的气温，呼吸着同样的空气。她找了一个小旅馆住下来，四个人一间房，其他三人都是来上访落实政策的。只有她，是个闲人，没有光明正大的理由。人家问她来干什么，她支支吾吾，答不上来。她来干什么？那是一个秘密啊。

她买了一张北京市交通图，第二天一早，按图索骥，坐车、倒车、再倒车，终于，来到了西郊。她找清华园，找到了。她远远地站着，看了又看。这赫赫有名的名校，是他的母校啊（准确地说，他其实仅仅属于附中）。她不知道他的家，从来没问过，可这又有什么关系？这城市是他的，到处都有他存在过的痕迹，他的气息。她绕着清华园外走啊走，不停地走，感觉到，整个“水木清华”都是他的，连朱自清的荷塘月色也是他的呢。她触及着属于他的点点碎屑，是那么快乐。

她在那城市待了十天，并不想碰到他，她只是想离他近一些，离他的现在，还有，过去。她一个人，去了长城，爬了香山，游了颐和园。在那些地方，到处都有人涂写着：某某某到此一游。她冒出一个傻念头，无论走到哪里她都要细心寻找，想找到一个他来过此处的证据，她寄希望于他哪怕只有一次淘气和忘乎所以，哪个小男孩没有淘气的时候呢？她大海捞针一样地在这巨大的城市寻找着一个凭据，某某某到此一游。可是，她找不到，他真是太乖了，或者，他隐藏得太深了。

她一个人，在这城市，四处游荡。有一天她甚至一个人来到了“老莫”，莫斯科餐厅。那是他们，他和陈果，常常说起的一个地方。她被它俄罗斯式的庞大、高耸和辽阔惊呆了，许久缓不过神来。她也不会点菜，因为她从没有吃过西餐，也不会使用刀叉。她要了一份沙拉、一个烤鱼和一份奶油蘑菇汤，并不好吃，特别是那鱼，是用黄油烤出来的，有一种怪味，这让她被北方内陆小城培养出的简单的味觉很不习惯。她坐在一个冬宫式的地方，沉默地、别扭地吃完了这陌生异域的菜肴，心里想，潘红霞到此一游。她用指头在桌子上慢慢写下了这看不见的一行字迹，忽然间，无声无息地哭了。

第二天她就回家了，回自己的家。她平静了许多，她甚至还给家人都买了小礼物。然后，她就着手做一件事情，开始忙碌起来。她顶着八月的骄阳，骑着一辆破自行车，跑遍了这城中的大街小巷，她还跑图书馆，查资料，在里面一待就是一整天。日子在忙碌中总是容易过去的，终于，开学了，终于，她看到他了。在见到他的当天，她交给他一摞稿纸，那是她忙碌了整整一个炎夏的证据。

“这是什么？你也写小说了吗？”他高兴地问，“街名考？这是小说的名字吗？”

那当然不是一篇小说，那是一份答卷，一个回答，回答他在五月的某个晚上，向她随口提出的问题，关于这城市，关于那些街名：东营盘、缉虎营、付家巷…… 他说：“哦，我忘了，你们女的都不关心这些。”不错，她那时是不关心，可现在她关心了，那个水声浩大的夜晚之后，她“关心”了。

他有些惊愕。

四、小玲珑讲的故事

他是我的老师。教过我不长时间。我没必要说他的名字，说了你也记不住。我们给他取了个外号，“幸福”，因为他总爱把“幸福”这两个字挂在嘴上，口渴了，舀一瓢水，咕嘟咕嘟喝了，一抹嘴，说:“真幸福啊。”憋一泡尿，憋急了，终于撒出来，也是这么一句:“真幸福啊。”特别书生。

他不是正式老师，是代教，民办教师。和你们差不多，也是老三届的，不过他没你们“幸福”，他不是插队知青，是“回乡知青”，农民的儿子。是我们县中的学生，据说他曾经是我们的骄傲，高一的时候就在省报副刊上发表过一篇小文章，写春耕的吧？要不就是夏种什么的，“牛铃像音符一样欢快地撒在田垄上”。反正就是这一类玩意儿，才子啊！后来就让他回来当代教了，缺老师嘛。不知道是不是走了谁的后门，反正他回来了。特别瘦，挽着袖口，领口上别着假领子，白棉线钩的那种，我也会钩，有一段特别时兴这个，有用线钩的，也有用毛线打的，阿尔巴尼亚花边，那是往大衣领子上别的。他就戴着那种领子，他们说是高二的一个女学生给他钩的。叫什么娟，这个什么娟我一直不认识，有人说她挺漂亮，有人说她一点不漂亮，很丑，不过挺风骚。他们说看一个女人风骚不风骚从她走路怎么甩手就能看出来，特别灵验。我小的时候，我们县城里有一个女人，在医院里当护士，长得特老实，人笨笨的，穿一条打补丁的裤子，很朴素啊。可是她从街上甩着手一走过去，那些婆姨们就撇嘴，说，“骚货！”她们一看她走路就识破她了！后来果然她男人死了，她们就说是让她折腾死的，“无底洞啊！”这女人没多久就改嫁了，没几年，嘿，她男人又死了！真厉害呀。

一开始，“幸福”不教我们，教高二的那个什么娟，可后来我们的语文老师要生孩子了，就让他兼上了我们的课。这一下，他就教四个班的课了。他倒没有不高兴，年轻嘛，再说又是民办的。可是怪了，第一天，他来给我们上课，往讲台上一站，就喊了一声：

“呼延小玲！”

我挺纳闷，站了起来，不知道他叫我干什么。又不是全班点名，我也不是班长什么的，他看了看我，什么也没说，就说：“哦——坐下吧。”神经病不是？一直到今天我也不知道他当初为什么要叫我站起来，对，不知道。可这一下就让我反感上他了，我心想，你以为你是谁？你不就是会写“牛铃像音符一样欢快地撒在田垄上”吗？这天他让我们写作文，《春天的脚步》，你听听这题目！我太知道他让我们写什么了，粉碎“四人帮”了，春天到来了，等等。可我装傻，我就写，春天是个巨人，它的脚步太大了，它从我们的头上，一步就跨了过去，所以，别的地方都绿了，可我们这里的山，还是光秃秃的，风，还是凛冽的。我说本来我们这里地处温带，四季分明，可由于春天的粗心大意和疏忽，结果，我们就只能从冬天直达夏天了，春天的脚步把我们遗弃了！我写的是我们那里真实的自然景观，可毕竟有些犯忌，我倒要看看他怎么批改这作文。没想到，他给了我一个“优”。大大的、红红的一个优，非常大，却没有一个字的评语。我有一点震惊，他还不算傻，对不对？总之我报复了他一下，一箭之仇。你别笑，我这人其实是很恶毒的呢，有仇必报，锱铢必较，连我妈都说我，这丫头记仇。真的你别笑了，这其实是一个很辛酸的故事，而且，不是所有人都有资格听的，他们听不懂。他们只配听莎士比亚，听哈姆雷特那个哲学家在那里念叨：“活着还是不活着[1]，这是个问题。”这让他们佩服得五体投地：真深刻啊，真悲剧啊！那些贵族式的耳朵只配听听这些生活的装饰。你，其实也长着贵族式的耳

1. 也译为“生存还是毁灭”。

朵，不过还有一点平民的心肠，这是你和他们的不同，咦？你怎么这么瞪着我看？

好了，扯远了，还是回来说“幸福”。我报复了他一下，他再没招惹过我。连课堂上也没叫我回答过问题，一次也没有。过了有两个月吧，我们的女老师休完产假回来上班了，又胖了一大圈，本来就够胖的了，胸前的衣服还总是湿漉漉的。他自然也就不再教我们。他一共做了我两个月的老师，交战过一回合，就这么一点点交道，再也没发生过任何事情，我也想不到我们之间会发生什么事情。只是，到我们快毕业的时候，就听说他病了，是肺病，咳血，咳得很厉害，大概是结核吧，学校解聘了他，怕传染。一个民办教师，又不享受公费医疗，又没有任何保障，病了，不能干活了，当然不能白养着你呀。他就这么让人打发了。他走的时候我们都不知道，也不在意。忽然间冒出了好几个新老师，是从前的右派，省城的，北京的，那些年下放到我们这儿的，现在情况不是变了吗？就从村子里把他们给挖掘了出来，我们学校开天辟地从来也没有过这么多大知识分子呀，真是不得了：北大的、南开的，甚至，还有一个中央戏剧学院的，戏文系！好家伙，让人眼花缭乱。这个“戏文系”，他后来辅导我们高考，我们毕业后不是很快就给召集了回来，成立了一个高考补习班吗？他给我们上课，穿得破破烂烂，一脸络腮胡子，深眼窝，鼻子又高又直，像个混血儿，特别会讲故事，动不动就是，斯坦尼斯拉夫斯基，还总是说，小品，小品！真把我们迷住了。这种时候谁还会想起那个不幸的“幸福”呢？

我们县里有个文庙，是座古庙，庙里有棵桃树，去年春天，那树上桃花开得特别繁茂，老人们就说，现在是不兴考试了，要是兴考试，这可是个好年景。原来，那棵桃树，一九六六年之前，特别灵，春天它花开得好，我们县中，高考就丰收。人们一看桃花就说：“今年是大年啊。”花若开得疏疏落落，人们就叹气：“唉，今年怕是个小年。”据说在科举的年代它就是这样了，灵验、先知先觉…… 去年，它开花开疯了，密密麻麻，层层叠叠，把枝条都压弯了，引得好多人去那荒庙里看稀奇。人们不知道它怎么了，不知道那是个什么兆头。结果，没多久就传来了要恢复高考的消息。进考场那天，下着鹅毛大雪，也是个好兆头，我们那一届，两个毕业班，一百来号人，本科、专科一共考取了二十几人！真是个大年、丰年哟！

全城喜气洋洋，考中的人家放起了鞭炮，像过年，像娶媳妇办喜事一样热闹。好多人偷偷跑到文庙里去烧了香。我妈也让我上街去打酒、买糖。我去了，顺便去逛了逛百货公司。刚一出百货公司大门，就看到马路对面，县医院里面，走出一个人。对了，是“幸福”。我第一个念头是躲，我也不知道为什么要躲，可我一下子就退回到了门里，隔着玻璃门，我看他看得很清楚，更瘦了，脸色蜡黄，可是看上去还很干净，领口上还固执地露着一圈白线领子。那过时的白线领子，不知道为什么，让我非常难过。他走出医院就朝东拐了，那是汽车站的方向。我推门出来，看着他的背影，他走得很慢，棉袄在他身上晃晃荡荡，从后面看他的头发留了很长，像一把枯草。全城都喜气洋洋，鞭炮震天，他穿城而过，病着，我那时忽然觉得他是被我们这一整个小城，抛弃了。

今年暑假回了家，哎，你可别以为我一直想着这件事，我没那么善良，我早把他忘了。暑假回到家，每天睡懒觉，和过去的同学，当然都是考上了大学放假回来的那些同学天天在一块儿玩，特别高兴。县城太小了，不够我们玩的，我们还骑车跑到十几里外的山上去玩儿。那山上有座庙，很有名，前些年一直用铁丝网拦着，不许人进去，荒在那里，现在还是座荒庙，不过铁丝网没了，没人看管，也没有游人，庙前庙后都是参天的古柏，怕有上千年了吧？一条山溪，淙淙的，在涧底里流，大暑热天，把手伸进水里去，凉得刺骨呢。我们那儿的老人们都知道，这庙在旧社会香火特别旺盛，很灵验。那一天，我们几个人，半真半假地，在结满了蜘蛛网的庙殿里，在佛像前，撮土为香，每人都许了一个愿。你知道我许的什么愿？我不告诉你。

就在第二天，我们家，来了一个人，一个不速之客，我刚爬起来吃早饭，我妈就把她领进来了。一个胖闺女，又红又壮，我不认识啊！她看我迷惑的样子，就说："我是某某某。"

原来她就是那个"什么娟"！我很吃惊，特别吃惊，她已经一点都没有学生气了，完全是一个肥壮的村姑。脸晒得又黑又红，她比我只早毕业一年，一毕业就回乡了，没有赶上高考。一年的时间劳动和酷烈的太阳就把她修改得面目全非了。我看着她发愣，一时间竟忘了她为什么要来找我。我们素不相识，她找我干什么？

“呼延小玲，你很奇怪吧？”她说话了。

我点点头。

“你还记得‘幸福’不记得？”

“幸福”，我当然记得，我眼前忽然闪了一下他晃晃荡荡的那个背影，我点头，心里有了不祥的预感。“他怎么了？”我忙问。

“要死了。”她回答。大巴掌一捂嘴，哭起来。

“怎么可能，”我冲动地叫起来，“他不就是肺结核吗？肺结核怎么会死？”是啊，又不是林黛玉的时代，又不是华小栓的时代，肺结核怎么会死人？

她忽然拿开了手，我看到一张愤怒的脸，泪水在那脸上狂流。“肺结核是不会死，可是那得有钱！有钱打针吃药！没有钱，伤风感冒也能要人的命！”她恶狠狠地说，眼睛一下子变得血红，像两只兽眼。我知道我说错话了，要在从前，我根本不会这么说，可上大学后半年来天天和你们在一起，我也感染了贵族的习气。我很羞愧，也很着急，她平静了一点，可我始终能感觉到她对我的敌意。

“一开始说是肺结核，但是后来，医院又说长了东西，肿瘤，癌，”她毫不怜悯地、硬邦邦地，把那个结论像石头一样朝我扔过来，“癌，知道吧？到地区医院，说是要开刀，要交押金，他就回来了，不治了，回来等死……”她又啜泣了一声，抹了把眼泪，那粗黑的大手，被太阳晒得暴了皮，非常醒目，“呼延小玲，你知道我为什么要来找你？”

我摇摇头。

“谅你也不知道，”她冷笑了一声，“你怎么会知道呢？那个可怜的傻瓜！”她又抹了一把眼泪，“那个可怜的傻瓜，已经昏迷三天了，他水米不进，三天里，一直在叫一个名字，你知道他在叫谁？”她说，“叫你！呼延小玲，他一直在叫你！”

我真是吃惊啊，大吃一惊。我们还根本谈不上怎么认识！他做过我两个月的老师，第一次上课，莫名其妙地，把我叫起来亮了一下相，仅此而已。我们甚至连话都没说过一句。可他在弥留之际，却一声声地、叫魂一样地，叫着我的名字！

我没有再说蠢话，没有问她“为什么”。事后，我想，假如我那时一脸清白一脸无邪居高临下地问她一个“为什么”，那个什么娟，她一定会扑上来像疯猫一样抓烂我的脸！我努力镇定下来，回身去找自行车钥匙，找半天找不着，原来自行车就在院子里枣树下支着，根本没锁。我对那个什么娟说：

“走吧。”

一路上，我只问了她一句话：“还来得及吗？”她说：“不知道。”她在我前边带路，是一条土路，坑坑洼洼的，非常难走，拖拉机突突突地开过来，立刻暴土狼烟。这样的路，只要一下雨，人的脚陷进去就拔不出来了。我们骑了大约一个多小时，大汗淋漓进了村，正晌午，村子里静悄悄的，没有哭声，那个什么娟，她这才回头对我说：

“他还等着你呢，”她凄凉地笑了一下，“不见你，他不会咽那口气。”

我进去了，走进窑洞。他躺在一盘大土炕上，枕头边搁了一只簸箕，里面铺着炉灰，炉灰上凝固着黑褐色的血迹。我的腿一下子就软了。直到这时我似乎才掂量出了这件事的分量，血，让我掂出了这件事的分量。我慢慢走过去了，站在他炕前，几只大黑苍蝇在他脸上趴着。我以为他死了，心里一哆嗦。苍蝇嗡地飞起来，那些苍蝇喝他的血喝得真肥啊，都飞不动了。而他，已经没有了人样。

长这么大，我还从没有见过垂危的人，濒死的人，我真是认不出这个五官都塌陷下去的人就是“幸福”——喜欢舞文弄墨，写一些幼稚却热情的句子，总是兴高采烈的那个小老师。他皮肤是灰色的，毫无生机，紧闭着眼睛，头发像一团被晒干的烂海藻，塌陷下去的嘴角上挂着鲜艳恐怖的血痕，像朵毒花，触目惊心——这就是“死”，真让我震惊啊，我一时间连“难过”都忘记了。

炕上坐了一些人，守着他。我进来根本就没看见那些人。这时我听见了抽泣的声音，他们一看见我就哭了。那个什么娟，爬到了炕上，嘴对着他的耳朵，轻轻地、吹气一般地、却无比清晰地说道：

“呼延小玲来了。”

她说了两遍，呼延小玲来了。这弥留的人，一下子，睁开了眼睛，睁得很大，“呼延小玲”这名字，竟然，这么神奇。他睁大了眼睛，问：“在哪儿？”

那个什么娟，粗鲁地，一把拽住了我，我像她一样爬到了炕上，跪下来，俯身望着他。他看见我了，瞳孔张了一下，一动不动，一动不动，然后，他闭了一下眼睛，又睁开，清楚地、缓慢地，望着我的脸说：

“真是你？呼延小玲？”

“是我，”我点头，“呼延小玲。”

“噢——”他又闭了下眼睛，笑了，非常满足地笑了，说，“真幸福啊！”

那笑，几乎是神秘的。有着我不知道的、悠远的深意，像地狱里的光，把他照亮了。“真幸福啊！”他几乎是神采奕奕地望着我，又重复了一句，“这下我可以安心地走了。”

我哭了，眼泪一下子涌出来，他抬起一只手，骨瘦如柴的一只手，哆嗦着，想为我抹眼泪。他要走了，我知道，这是回光返照，除了神明，谁也拯救不了他，我突然擦去眼泪，俯下身，我说：

“你再努力一下，再坚持一下，行吗？”

“行。”他笑着，望着我。

我坐下来，坐好，然后，我伸出胳膊，托起他的头，我把他抱在了我怀里。他非常听话，配合着我，靠在我身上，像个孩子，我说：“你几天没吃东西了，是吧？你吃一点东西，再走，不然你没有力气走远路。”他说：“好。”我忙喊地下的人，我说：“去端米汤！”米汤端来了，金黄金黄的小米稀饭，那香气熏出了我的眼泪。我让她，那个什么娟，把碗放在炕上，然后，我一勺一勺地，慢慢地，舀起来，吹凉了，喂到他嘴里。他一勺一勺地，听话地，咽下去。他两眼一动不动，望着我，安详，信赖，依恋。他努力地喝下去半碗，嘴唇竟然有了一点湿润的活气。我掏出我的手绢，擦干净了他嘴角上的血痕，然后，我抱紧他，让他把头，紧贴在我胸口，从没有人碰过的最干净的胸口，我说：

“现在，你睡吧。”

他的眼睛，就像起了雾气，雾蒙蒙的，却有了一种更深远的光芒，他深远地、庄严地凝视着我，他用最后的力气，凝视着我，他说：

“呼延小玲，我真幸福。”

然后，他就慢慢闭上了眼睛，扭过脸，把脸贴在我胸口，从没有人碰过的最干净的胸口。他睡了。我抱紧他，就像抱着一个小弟弟，就像抱着一个我生下的孩子。我感觉到他微弱的、最后的鼻息，一下一下，珍贵地，灼着我的皮肤，还有我的心跳。一下一下，渐行渐远。他是在睡梦中走的，在我怀里，非常安详，静谧，幸福。我抱着他，感觉到他一点点、一点点变凉。午后的阳光，金子一样洒满土炕，是一天中最辉煌的时刻，我端坐在辉煌之中，心里一片宁静。

我没有参加他的葬礼，我知道，他已不需要这个了。我把自己关在屋里，关了七天。不说话，吃很少的东西，不见任何人。那些平日里在一起高谈阔论玩得很投缘的朋友，忽然间，我觉出了他们的幼稚、浅薄，我把他们甩在一个很远的地方了。我陷入冥想之中，几乎不说一句话。后来我才知道，我妈，还以为我神经出了毛病，要不就是撞见了什么。有一天夜里，拿着我一件衣服，到城外替我叫魂去了，“小玲啊——回来吧！”“小玲啊——回来吧！”也许，我真是把魂丢了，我的魂去了一个非常遥远、尘世之外的某个美好的地方，在那里流连忘返。我细细地、一点一滴体会着他的爱，我心里也充满爱意，但那不是爱情，比爱情更高，对，比爱情更高！你体会过那种爱吗？噢，你不会的，你们天天沉迷在“爱情”之中的人，是永远体会不到的，那是要你从爱情中脱胎换骨之后，才能抵达的境界。

“头七”过后，那个什么娟，她来了。我一听到她的声音就打开了房门，她进来了，说：“我给你带来一封信。”我仍然能感觉到她对我的不友好，她一身的汗水，头发乱蓬蓬的，我走上去抱住了她，我抱住了她，然后，我们一起哭了。

信是几个月前他交给她的，那时，他对她说：“埋了我之后，你再交给她。”那封信就在这里，你想知道他写了些什么吗？是这么写的：

呼延小玲：

我知道我是谁，我穷，又有病，是农民的儿子，并且，注定了还要做农民：这世上最贫贱的贱民，而你，是全县闻名的鲜花，又是天之骄子，大学生，美丽高贵，前程远大，我和你之间，隔着的岂止是一条天河？

可我爱你！呼延小玲，爱是平等的。一个乞丐可以爱一个尊贵的公主，一个国王可以爱一个民女，一个无恶不作的恶棍可以爱世上最圣洁的女人，只要你不去奢望一个童话的也是世俗的结局：“从此他们在一起过上了幸福的生活。”天下多少人，都是在这一点上犯下了弥天大错——呼延小玲，可我不奢望，我不奢望那个童话的结局，这样，我和你，就是平等的。

这样，在爱的面前，我和你，将永远是平等的。

爱你，是我有生之年的秘密，不到最后关头，不到我的最后一刻，我绝不会告诉你。假如，我能够好起来，我会很快乐地娶一个和我“般配”的姑娘，一个农民的女儿，结婚成家，生几个孩子。我会很爱他们，珍惜他们。可即使如此，我仍然爱你，呼延小玲，我爱你，到死。

当你知道这秘密的时候，那就是我不行了。这一天，也许是一年之后，也许是三年五载，也许，是三十年五十年（如果是这样多好啊，我太想、太想活下去了！），我告诉你这个，不是让你可怜我，在现实生活中，我确实是可怜的，可若说到“爱”，我可不是个可怜虫！这世界上，有爱的天赋，爱的才能，并且，真正生活在爱中的人，没有几个。所以，我要让你知道，呼延小玲，在你这一生中，曾经被一个微不足道的人，这样奋不顾身刻骨铭心地爱过，爱了一辈子。他人卑微，可他的爱不卑微——他是一个爱的天才。

真希望你能晚一点知道这个，那就意味着，我能活得长一点，爱你久一点。可这当然只是梦想。我这一生，一无所有，碌碌无为，只成就过一件大事：爱你。这件事，我做得很完美。

呼延小玲啊，让我最后、最后再叫你一声名字，我爱了一生一世的女人，女人中的鲜花，感谢你给了我爱的幸福……

信没有署名。

五、倾听者

这天，下了晚自习，就要熄灯了，同学们纷纷离开了教室，陈果走到潘红霞身边，对她说："坐一会儿吧。"

她们面对面坐下，潘红霞默不作声地从课桌抽屉里取出蜡烛和一盒火柴，那是他们常备的东西。

走廊里，渐渐静了，没有了人声。窗外，楼下校园里，却有人急促地跑过，脚步很轻捷。还有人冲着夜空"啊——啊——"地喊叫，像是在朗诵，却没有下文。突然传来了笑声，一个很尖的女声，笑得特别响亮，哈哈哈地，可是也远去了。秋天的星空，很美，也很忧伤，然而她们坐在屋顶下面，看不到。丑陋的建筑物，不知为什么，在星空下也有一种忧伤的、不为人知的表情。杨树黄了叶子，开始像蝴蝶一样飘落。夜空中的大蝴蝶，有点诡谲。但若是在白天，在远离城市的旷野，或是山崖上，黄透了叶子的杨树，真美啊，美得舍生忘死，简直不像尘世中的树。

电灯熄灭了。潘红霞点起了蜡烛，一支红蜡烛，只剩下了半截，小半截。烛光跳跃着，小小一朵灯花，弱不禁风，顿时，房间里有了神秘感，对面那个人，有了神秘感。

陈果剪了一个新发型，是假期在北京剪的，现在长长了一些，可仍然有着北京的气息，很适合她都市的气质。而且，这发型突显出了她美丽的前额和额上那个发尖——美人尖。从前，她留两条呆板的麻花辫时，刚好遮蔽住了她身上最妩媚的这一点。不过此刻，烛光使她的脸变成了金色的，像一个火塘边沉思的土著女人。

“潘红霞，你相信不相信？”陈果突然打破了这沉寂，烛焰一跳一跳，墙壁上就有了一些奇怪的影子，“我今天打人了。”

她吓一跳，“打人？你？打谁了？”

“刘、思、扬。”陈果嘴里挤出了这名字。

她心里一震。一下子，脸色大变。

“有什么可奇怪的？看把你吓得！”陈果冷笑了一声，“他今天把我叫到河边去了，对我说，毕业后，他不打算回北京了——这事你不知道，我们家老爷子，我爸，就在这个假期里，给我们在北京联系了两个单位，一家出版社，一家杂志社，办得差不多了……你发什么愣？我说的是毕业分配！早是早了点，可咱们是什么了不起的学校啊，不早联系行吗？老头儿大热天的跑啊！现在他突然告诉我，他不打算回北京了！”陈果又毛骨悚然地冷笑一声，“不打算回北京了！哈哈！我问他，我说，原因呢？他说，他不愿意当编辑，他不愿意一辈子过这样的生活。我说，刘思扬，看在我们认识这么多年的分上，看在我喜欢了你这么多年的分上，给我一句实话：为什么？他说，陈果你知道。我说我不知道，我要听你说，我要你亲口告诉我，念判决书有这么难吗？他说了，你猜他说什么？你大概猜得到，他说，陈果，我爱上了别人——我点点头，点点头，——挥手就给了他一下子，一个耳光。然后我就走了，你的脸怎么这么白啊？”陈果望着潘红霞的脸，可她的注意力并不在她的脸上，不在任何人的脸上，她有些语无伦次了。

我不想知道这些啊，潘红霞痛苦地、绝望地想。我不想知道关于你们的一切。可是她不能跟任何人说出这句话，这隐秘。她必须坐在这里，倾听着，忍受着这个痛苦的女人的折磨。她不能像她一样，去找什么人淋漓尽致或者颠三倒四地诉说。他爱上了别人！为什么就在她稍稍平静了一些准备接受某个结局时又要给她这么一下呢？

“潘红霞，你知道他爱上谁了吗？”陈果朝前探了一下身子，现在她们的脸只有一尺的距离，烛朵一阵狂跳，陈果脸上突然有了一种凌厉的表情。

“小玲珑。”潘红霞哑着嗓子说出了这名字。

“哈！”陈果一挺脊背，又发出了这奇怪的笑声，“看来不是秘密啊，每个人都知道，是不是？啊？真耻辱啊！迷上了这么一个浅薄的、俗气的、无知无识的女人，阴险的女人，一肚子的坏心眼儿！真让我羞耻，哪怕他爱上别人呢，比如说，你——”她锐利地看了潘红霞一眼，看得她心都要不跳了，“也许我还不至于这么羞耻，这么痛苦！我一直不愿意相信这个，我对自己说，不会的，不会的，那太荒唐了，太可笑了，太荒诞了！其实我早就有感觉了，我只是不愿意去相信……你还记得去年那件事吗？那一次，咱们去潇河那个学校，去拜访那边的文学社，记得？对，就是那次，她的车，小玲珑的自行车爆胎了，也不知道从哪儿借来辆破自行车，事先也不检查，好，半路上爆了。大家都跟着她倒霉！害得老余一个人骑两辆车——一只手拖着她那辆破车走，可是他，你瞧他，你记得吗？他多高兴啊，驮着她，简直是满面春风，上一个大坡，他说，帮我加油，她就在后面，一下一下，推波助澜，晃着身子！好像真能‘加油’似的。那谁问他，谁呀？忘了！说，刘思扬你累不累啊？他说什么，你记得吧？他说，‘有美同车兮我心飞扬’——”

有美同车兮我心飞扬，他脱口而出，大家都笑了。小玲珑像向日葵似的，骄傲地向天空仰着脸，当然是一朵刚刚绽放的向日葵。有人马上开老余的玩笑，说：“老大哥，人家是有美同车，你倒好，和一辆空车比翼双飞！”一个叫丁克的人说：“和一辆空车比翼双飞，这是一句诗。”他是一个诗歌爱好者，崇拜北岛、顾城、舒婷，还有马雅科夫斯基。老余仰天长啸地“啊——”了一声，然后就放声朗诵起来：

和一辆空车比翼双飞，虚席以待
等待飘然而至的好运
它的名字叫——爱情。

人们都笑了，丁克说："作者，陈世美。"因为老余不仅是别人的丈夫，而且，已经是一个三岁孩子的爸爸了。小玲珑从刘思扬身后探出身子，大声嚷嚷："这诗一点儿也不朦胧！"刘思扬忽然也"啊——"了一声，然后说：

和一辆空车比翼双飞，虚席以待
等待婴宁，或者一个叫小翠的姑娘
驶进
三百年前的经典。

又爆出一阵大笑，都要笑死了，小玲珑在他身后大声问道："小翠是谁？"刘思扬回答："他同学——"

"他同学！"陈果脸上掠过了一个又痛苦又轻蔑的表情，"你什么时候见过他这么才思敏捷这么伶牙俐齿？这么轻佻？也许他骨子里就是一个轻佻的人，喜欢、热爱那些下贱的东西！他还有脸说他喜欢金岳霖呢，金岳霖和林徽因的故事你知道吗？你当然不会知道，那是当代学界‘三苏’故事之中的一个，哦，我不能讲那些故事，那样的故事如今一去不复返了，那是中国最后的爱情神话，最后的……刘思扬算什么？他不就是写了那么一篇幼稚的伤痕小说吗？流星一闪而过！潘红霞你看吧，我把话搁这儿，流星一闪而过！他完了，那个女人会毁掉他，吃掉他的才华，就像啃甘蔗一样，一口一口，咽下去最好的东西，然后，吐出残渣。到头来他就是那一堆残渣！也许连残渣都剩不下呢，一口一口，一块一块吃掉你，连尸首都找不着，吃人不吐骨头说的就是她这样恶毒的女人。可那怨谁呢？他自己的‘阿尼玛原型’就这么低，他自甘下贱，潘红霞，他自甘下贱！他完了，到时候我会穿丧服到他面前，给他唱葬歌——”她泪流满面，说不下去了。

烛焰狂跳了两下，熄灭了。蜡烛烧尽了，一摊红蜡油随心所欲慢慢凝结成不规矩的固体。月光涌进来，清澈，宽容，这城市的象征，从唐代就矗立在那里的高耸的双塔，在月光的修饰下也柔和了下来，看上去非常女性。一切都柔和恬静，可对她们两人来说，这都将是一个痛苦的不眠之夜。

第二天早晨，陈果没有上课，她在寝室里躺了一上午。中午潘红霞帮她订了病号饭，是一大碗鸡蛋青菜葱花汤面，点了小磨香油。现在，学校的伙食比起两年前有了明显的改善，改革了伙食制度，学生们可以买饭票自己打饭吃了，一圈人围着一个大脸盆一人一勺分菜吃的情景成为这学校的历史。潘红霞把汤面端回屋，顿时，满室飘香。小玲珑吸了两下鼻子，说:“嗬，真香啊！”

陈果一言不发，把那一大碗汤面，全吃光了，连汤也没剩一口。吃完了，她对潘红霞说:“潘红霞，晚上别给我订这破饭了，我们去上海饭店吃小笼包子，我请你。”

下午没课，潘红霞一个人去教室上自习，一出楼门口，就被等在那里的刘思扬拦截了。刘思扬说:“去河边走走，行吗？”

现在，该他了，潘红霞痛苦地想。她什么也没有说，跟他一起沉默地来到了坝堰。不知哪里下过了雨，河水涨了一些，但是更浑浊。远处的防风林带，一片苍黄，河滩里草也枯黄了，可是还有卷毛的绵羊在那里吃草。潘红霞想起歌儿里唱的，洁白的羊群，云朵般的羊群，可她看到的绵羊，都这么肮脏，灰不溜秋，让人提不起精神。只有河流，无论在什么季节，无论她快乐还是忧伤，它都能给她从容的抚慰。

“下学期，我们要搬家了，”刘思扬也爱抚地凝望着河水，开了口，“搬到城里去了。”

“我也听说了。”潘红霞轻轻回答。

“还真舍不得啊，这条河。”

“是啊。”她说，声音里满是秘不能宣的忧伤。

静静地，和他一起，只有他，这样站着，看河，这一生中，还有没有呢？尽管他满腹心事，被他爱和爱他的女人们折磨，她仍然珍惜这和他共有的时刻。她默不作声，心里突然翻江倒海，给我几分钟吧，她想，不要说话，不要开口，不要拿你们的事折磨我，给我十分钟，不，五分钟，我不贪心，我只要你五分钟，这不过分吧？

但是不到五分钟，他开口了。

“潘红霞，你说我该怎么办？”他并没有看她，仍然看着远处的流水、树、绵羊，还有刚好飘过的一朵大莲花般的白云，“她跟你说了吧，是吧？我看见昨天晚自习后你们俩人留下来了，她今天一上午都没有来上课，我知道她很伤心……可我总不能骗她吧？潘红霞，我不能骗她呀！”他猛地转过脸，语气一下子变得很激烈，又无辜又激烈，“我不能骗她说，我爱她！她要的是这个，可我给不了她！”他眼睛里掠过非常痛苦的神情，“要是她说，刘思扬，给我一只手，我会毫不犹豫砍下我的手来给她，这我做得到，也是我能给她的。士为知己者死，这我做得到，问题也就在这里，她是我的一个知己，可不是我的爱人——”

潘红霞不说话，沉默地听他说，她知道他此刻需要的是一双倾听的耳朵而不是一个回答。我就是那个耳朵，潘红霞想，在他错综复杂姹紫嫣红的世界里我是一个耳朵。

“人人都认为我们在‘好’，不错我们是好，甚至，很好，可那不是恋爱啊！她是一个知己的朋友，我们彼此了解很深，很默契，常常，我刚说出半句话她就知道我下面要说什么，我们太相像了！有相同的生活背景，相同的经历，相同的生活圈子，她认识的人都是我认识的，我的朋友也是她的朋友，我们还有相同的教养，知道吃西餐应该怎样拿刀怎样拿叉，会煮很香的咖啡，她永远不会问‘小翠是谁’这样幼稚的问题，我们太相像了，太相像了！我一点也不用费力气就能设想出我们如果在一起生活会是什么样子，那简直就像事先写好的剧本，每一句台词都清清楚楚，我们不过是照着剧本复制生活。潘红霞，你想想，这样一目了然过一辈子有意思吗？有新鲜的激情吗？所谓‘心心相印’，两颗心，像一个模子里刻出来的，一模一样，像你自己的心一样，这样一颗心，还能吸引你吗？”

潘红霞渐渐听进去了，渐渐地，被他的叙述、被他的痛苦和思想打动。看到他这么痛苦她非常怜惜，对他的那一点抱怨和不满像淡淡的云缕一样飘走了。她用一颗澄明宁静天空般的心接纳着他的痛苦。她听他说到“心心相印”，说他们两颗心就像一颗心一样，她几乎要喊出声，她想，不，不，你们不一样，尽管你们有那么多的相像，可你们仍然是不一样的，你比她善良……“呼延小玲就不一样了，”她听他突然说出这个名字，仿佛，一个陌生人似的，呼延小玲，这是一个新人，“我们几乎在一切方面都不同，她那么有活力，有一个中午，那还是在刚入校几个月的时候，我出去办事，没睡午觉，看见操场上有一个人在荡秋千——你还记得吧，那时候，咱们操场上有秋千架，我都没留意什么时候拆掉了——大太阳底下，那么热，没遮没拦，有个人荡秋千，荡得高极了，几乎要在天上画一个圆，裙子像梦露的裙子那样飘起来。操场上，非常安静，人家都在午休，只有这个空中飞人，那么快乐，那么放纵。我站在远处看她，突然之间非常感动……那一整天我都很快乐，非常快乐，我总是看见她在飞，鸟一样，新鲜、奔放、活力四射。我想，这多好啊，多么美！”他眼睛里掠过笑意，变得温柔了，“后来我问过她，我说，荡那么高你不害怕呀？她说，你猜她怎么说？‘我管不住自己啊，我只想，高，高，再高一点，我这人，太贪婪，我是个可怕的野心家！’潘红霞，”他朝她转过脸来，“你信不信她这话？我信。这就是她吸引我的地方，我看不透她。她特别天真，又特别成熟，有时候她非常善良，善良得真让人感动，有时候又非常邪恶。她是很难归类的那种人，你不知道她在下一分钟会发生什么变化，一切都是未知数。这就是她吸引我的地方，和她在一起，每一天都是新鲜的、未知的、充满活力的。我喜欢冒险，潘红霞，我这个人最憎恶最害怕的你知道是什么？是平庸的日常生活，是平庸的日子！那是能要我命的。我喜欢未知的东西，新鲜的东西，还有，对生活全身心的投入：你看她荡秋千的样子就知道了，她是能够一头扑进生活里的。可是陈果不行，陈果是那样一种人，他们永远、永远是在‘准备生活’——”

潘红霞心里又隐隐地一痛。也许，她自己也是，也是这样，永远在“准备生活”。她承认他对那个女人，那个“呼延小玲”的认识是对的：看不透，可是诱人。就像一枚没有人认识的果子，高挂在树上，鲜艳、漂亮、饱满、芳香四溢，却不知道它是否有毒。突然她涌起一股强烈的妒意，妒忌这种生活的天才。对了，是生活的天才，身上有原始的激情，活力四射，毫不畏惧，所向披靡。在他生动的柔情的描述中她越来越感到悲伤。

眼前的风景，几乎是静止不变的，看不出河在流，也听不到流淌的声响。绵羊像灰色的石块一样几乎一动不动。从他们站着的地方，远远地，依稀可看到横跨河流的大桥，依稀可看到上面来回奔驰的车辆。但是听不到声响，太远了。它们无声奔跑着，就像在放映一段默片。

“潘红霞，谢谢你。”她突然听到他这么说。

“谢我什么？”她问。

“谢谢你听我说这些话，谢谢你让我用这些事来打扰你，”他说，声音很诚恳，“你知道不知道？潘红霞，你会倾听，你是一个让人十分感动的倾听者。”

她望着他，她不知道自己什么地方让他感动，这半天，她几乎一言未发，可她看出他是真诚的。也许，她是会“全身心”倾听吧，而别人，大多数人，则是用耳朵听，用身体最浅表的一部分去听。他微笑了，他说他觉得现在好受多了。

有一个感觉他没有说，那是他后来想明白的，就是，为什么许多人都愿意向她，这个年龄不大阅历不丰的女孩儿诉说心事，那是因为，她身上，有一种特殊的气质，有一种特别纯洁的苦难感，似乎，她就是为苦难而生，像一个终将殉难的圣女。

但是小玲珑有一天和她开玩笑，说，日本有一篇推理小说，叫《隐私知道得太多的人》，这个人就是因为知道太多别人的秘密，结果，被谋杀了。“潘红霞，”小玲珑心无城府地笑着，“小心有一天你也会被别人干掉啊！”

学期还未终了，学校搬迁了。这次搬迁的原因，学生们都不太清楚，大概牵扯到了历史上房产的纠葛。新校舍在城里，几乎在城的心脏，离这个城市著名的广场大约只有一里之遥。说它是“新校舍”，其实是旧的，很旧，李提摩太创建的那学堂的旧址，就是这里。主楼是一座阴郁的殖民风格的建筑，潘红霞把它叫作“哥特式”，因为关于西方建筑特别是教堂她只知道这一个名词，比如，巴黎圣母院——她一直觉得这里是一座从前的教堂。它当然不是“哥特式”，也不是别的什么式，它只是一座建筑的杂烩：拱券，狭长的玻璃窗，粗大的罗马式石柱支撑着它阴郁的内心。无论多么炎热的季节，只要一走进这里，立刻就感到了深邃而神秘的阴冷。

到处是树，槐树，槐树以它中国式古典的姿态庇护着校园，洒下意味深长的浓荫，还有槐花的香气。有一座独立的小院，大家叫它“西小院”，却是纯粹中国式的，长长的抄手游廊围拢起一个幽静的四合天井，朱红柱、月洞门、绿纱窗，又有一些园林的风格。天井里，种着丁香、迎春和只开花不结果的石榴树，还有一株西府海棠。这小院，就做了中文系的办公室。那是一个特别容易让人产生联想的地方，比如，怡红院，潘红霞每次走进那里都这么想，它缺少的似乎只是一株芭蕉，和“怡红快绿”的匾额。

而她们的寝室楼却是有题匾的，是灰色的砖匾，题着“物理楼”三个大字，说明着它从前的历史和用途。看上去它比主楼还要陈旧，有一点罗曼式风格，里面的格局却早已被后来的人们所改变，大房间切成了许多的小房间，这样一来，天花板就显得不可思议的高，房间看上去不像房间，像幽深的峡谷。

一切，和河边的学校，是那样的不同。到处是旧时代的痕迹，重重叠叠，每一块砖头都老了，每一块砖头都上了年纪。在它身后，另一条相邻的巷子里，是这城市从前的文庙，武官下马文官下轿的庄严的所在，现在，则是一座博物馆。那巷子就叫“文庙巷”，而前面打横的那条街则叫“上马街”。它身后，还有一座叫“崇善寺”的寺庙，不知始建于什么年间，此刻沉寂着，日后，每逢初一、十五，香火将十分旺盛。相传那寺庙里珍藏着一部宋版的《金刚经》，是镇寺之宝。而在它的斜前方，西南方向，有一座古老的道观——纯阳宫，吕洞宾的道场。它就被这些经典沧桑的古老建筑包围着，更显出了它原来的本色。也可看出，当年，李提摩太选中了这里盖学堂，那种傲慢的征服者的心理。

一九八一年元旦，他们就是在这座殖民风格的建筑里度过的。高大的拱券式天花板下，十字交叉悬挂了彩纸剪成的花饰。狭长的玻璃窗上，有人贴上了窗花，是大红的腊梅牡丹，特别喜气，那是他们班上一个来自农村的女生郑岫的杰作。课桌贴边靠墙，当中的空地则是舞场。一只双喇叭录音机就是他们忠实的乐队，播送着《步步高》《喜洋洋》或者是《送你一枝玫瑰花》。传统的茶话会和节目表演已经不能吸引大家了，“交谊舞”开始登场。起初有些拘谨，可是后来就跳疯了，人人都很放纵，假如没有人管，他们几乎能跳个通宵达旦。每一个教室都是这样，跳着，乐曲声震耳欲聋，在这陈旧的建筑物阴郁深沉的内心掀起青春欲望的风暴。

他们一起共舞，刘思扬，潘红霞，这是一晚上他和她跳的唯一一支曲子，《雪绒花》，慢三。他带得很好，非常好，好得出奇，优雅、从容。令他吃惊的是她的配合，默契、天衣无缝。她的乐感、节奏感，好得出奇，旋转时像羽毛一样轻盈。他内心暗自惊讶着此时她的美丽，她的忘我和沉迷。她像脱胎换骨一样鲜艳妩媚。他们跳着，彼此望着对方的眼睛，没有一句话。夜很深了，新年的钟声就要敲起来了，他们的舞步有了惜别之情，渐渐地，她眼睛里涌出泪光，他很震惊，那是他不能了解的，却很震动。就在这时，一个声音喊起来，一个尖脆嘹亮的女声，开始喊出倒计时的数字，一秒一秒，惊心动魄：

“十、九、八、七、六、五、四、三、二、一——新年快乐！”

她喊，新年快乐！又欢快又凄厉。所有人都喊起来，新年快乐！互相拥抱，或者，碰响手中的茶杯，那里面不是酒，是白开水。可那又有什么关系？有人放声唱起来，“让我们高举起欢乐的酒杯，杯中的美酒使人心醉——”

有人马上打断了他，开始唱另一支祝酒的歌，是一支他们熟悉的五十年代的苏联歌曲：“同志们来吧，让我们举起杯，唱一支饮酒的歌。”许多人应和着他，齐声唱道：“为党和斯大林，为光荣的旗帜，干一杯再干一杯——”

更多的人又唱起来：“再过二十年，我们来相会……”是一支时尚的新歌，《年轻的朋友来相会》，许多人还记不住歌词，齐声哼着旋律，“啊，亲爱的朋友们，美好的生活属于谁？属于你，属于我，属于我们八十年代的新一辈——”

没有人注意，潘红霞什么时候离开了教室，在欢乐无边的时刻，一个人的离去，太微不足道。她走出欢乐的灯火通明的主楼，在黑暗的台阶上坐下了。寒风立刻吹透了她的毛衣，刚才出来时忘记穿大衣了。她一阵哆嗦，抱紧了双臂，把发烫的脸埋在膝盖上，热泪滚滚而出。她悄悄地哭着，她也不知道自己为什么这样激动。为刚才那一舞，那默契的瞬间。她不会再和他跳舞了，永远，那是危险的，太危险，她几乎就要泄露出她埋藏至深的秘密。可那是多么好啊！“谢谢你，谢谢你！”她一边流泪一边在心里这样说，她不知道自己在感谢谁：上帝、神明，或者是刚刚到来的这个一切还未知的新年。

“潘红霞。”有人在身后叫她。

是他。只有他，能把她俗气的名字，念得这么富有色彩感，这么明亮。他似乎总是特别强调那个“红”字，红——霞。有一次他说，这是一部电影的名字，一部歌剧改编的电影。他甚至还哼出了那里面的旋律，“红军啊，啊——啊——啊——我的亲人，我一颗心，给了你们——”

“潘红霞，”他小心地在她身旁坐下，“你怎么了？”

她抬起头，努力使自己平静下来，可是泪光还在，被泪水洗过的脸有一种婴儿般新鲜纯洁的光明。他暗自惊讶，她就像一个新人，陌生，不知道来历，却美得让人心疼和不能相信。真是个奇怪的女孩儿啊。他望着她皎月般光明的脸愣住了。

“没怎么，”她静静地笑着，说，“我只是想，将来，有一天，回忆起现在，回忆起今天这个晚上，一定会觉得特别珍贵。”

她侧过脸，背着他抹去泪痕。这个小小的动作，那么深地，感动了他。他觉得身体最深处，爱欲抵达不到的深处，有什么东西，被拨动了一下，灵魂被拨动了一下。这感觉很奇怪。寒风吹过来，他打了一个哆嗦，他也忘了穿他的那件棉大衣。然而寒冷似乎使他的身体和心都变得澄澈和干净起来，和星空那么接近。

“你一定是双鱼座的人，是不是？”他忽然说道，“这是典型的双鱼座人的语言。”

“我不知道，我不知道我是什么星座，”她慢慢地说，“这是不是很重要？”

“不重要，”他回答，笑了笑，“一点儿都不重要，”他扭过头去看她，“潘红霞，你说，二十年后，我们会在什么地方？”

“不知道，也许，我还会在这儿，这小城，我是属于这儿的。”她这样回答，“你呢？北京吗？”

“也许是西藏。”他抬头看着星空，忽然说，“我听说了，咱们的分配方案里，好像，有援藏的名额。”

西藏！那几乎就是天边了。可是多么适合他，适合一个浪漫的、不安静的灵魂。他将越来越远，越来越远，淡出她的生活，再也看不到他，再也听不到他有声有色地喊“潘红霞”。这世上，没有一个人，能把她的名字，喊出这样的声色。她心里一阵伤感，身后，那教堂般的主楼里，不知是哪个班的人，正在高唱着那支歌：

“再过二十年，我们来相会……”

“潘红霞，”他心里忽然闪过一个念头，“我们来个约定吧，二十年后，不管我们在哪儿，都回到这里来，大家都回到这儿来——”

“那可说不定！”一个声音打断了他，兴高采烈的声音，谁也没留意她什么时候来到了他们身后，“二十年后的事情，谁又能知道，也许，一场大地震，把这城市都摧毁了，也许，我们中间，有谁得癌症死了！谁又能预测二十年后会怎么样？”她说得理直气壮喜气洋洋，“更糟糕的是，就算地球照样转，大家也还活着，可人呢，都变成坏人了！还不如不见呢！”

只有小玲珑，有这种豁免权，可以嘲笑一切，她被大家，她的师兄师姐们惯坏了。

“那就让我们看看，人都坏成了什么样，”刘思扬半真半假地笑着，“不过，总还会有一两个好人吧？”

“那当然，”小玲珑顺口回答，“就算人人都变成了坏蛋，也还会有沧海遗珠——潘红霞呀！要想让潘红霞变成坏人，除非海枯石烂！”她脸上浮起一个最无邪的微笑，“好吧，就让我们二十年后回来吧，回来，向我们的‘圣母马利亚’忏悔我们的罪恶——潘红霞，你可要坚持做一个好人啊！”她哈哈笑着跑进楼里去了。

潘红霞没有笑。

至少，有些事情，是不能嘲笑的。比如，这个夜晚，比如，那些善良的日子，除非他们真的都变成了没有心肝的坏蛋。哪怕有一点禁忌，对生活存有一点善意，就不会嘲笑这一切——潘红霞这么想。

一年后，他们毕业了。

六、毕业聚餐

这天，学生食堂准备了丰盛的菜肴。准备工作几天前就开始了，采购来了大量的肉、蛋、鱼、豆腐和各种蔬菜。厨房里热火朝天，煮肉方，煎带鱼，炸各种食品：豆腐、土豆块、山药块，还有小小的樱桃丸子。平时，食堂吃包子饺子，总要派学生来帮厨，这次却全是师傅们自己动手。毕竟，是一个喜庆的日子，这是恢复高考后他们送走的第一批毕业生。这届学生们啊，平时，和食堂的冲突最多，摩擦最多，可不知为什么心里最舍不得的也正是他们。以后，再也听不到他们瞎嚷嚷了，师傅们想，铁打的学校流水的学生啊！

最漂亮的一个姑娘，平时，总在窗口打菜，她的那个窗口自然要比别的地方人多。四年下来，那些脸，她都记熟了。文雅的、文质彬彬的、文明的脸，这样的脸看多了自己不知不觉也有了优越感，她喜欢这些脸在眼前一张一张晃过，就像大特写。她知道他们给她起了许多的绰号，有好听的，也有不那么好听的。最不好听的叫“小括号”，那一定是刻薄的嫉妒的女生起的，因为，她的两条小腿，不那么直，有点儿罗圈，像日本人的腿。“小括号”怎么了？山口百惠也是“小括号”呢！她还有个外号，叫“白菜西施”，这外号流传最广，人人都知道。那是因为从她手里他们买得最多的就是熬白菜。

这天，食堂的菜谱如下：酱梅肉、炸带鱼、小酥肉、木耳过油肉、什锦大烩菜、凉拌藕片、醋熘白菜等等。每一样菜，虽是大锅烹制，却是尽心尽意。聚餐的地点，就在各自的教室。桌子拼了起来，拼成了几大张方餐桌，十几样菜，一样一样地，摆在了上面。有人买来了酒，是本地产的红葡萄酒和青梅酒，也准备了烈性的高粱白。他们，从前，“红钟社”的人，又一次聚在了一起。已经有一年多了，“红钟社”名存实亡，现在，为了告别，他们终于又团聚在了一起。

还没有拿到分配的“派遣证”，可大多数人，都已经知道了自己的去向。有的在大家的意料之中，比如陈果，谁都知道她是要回北京的，那才是她的归宿，这个城市，只算她的驿站。果然，她要去北京的一家出版社，这已是人所共知的事。可是也有意外，比如刘思扬，一年多前，人人都以为他也终将要回北京，和陈果一起，可是在人们眼里这天造地设的一对分崩离析了。这一年来，对他们的分手，众说纷纭，人人都很惊讶，人人都在猜谜。可如今，突然间真相大白：刘思扬报名援藏，而和他一起报名的，竟然是，呼延小玲，小玲珑！

这是谁也没想到的，这一年来，虽然，大家也看出了他们之间的那种亲密，可不知为什么没人把这当成一件严肃的事看。事关小玲珑，似乎，就永远严肃不起来。她的“小”，使人人都不对她设防，人人还都很宽宏大量：他们似乎可以容忍她的一切游戏和胡闹。但是，突然间，西藏，使他们意识到了这件事的庄严和重量。

“来！刘思扬，”老余第一个举起了酒杯（其实是一个搪瓷的茶缸，里面是白酒），“我浪漫的兄弟，从今以后文学又多了一个殉道者，我祝你在西藏，写出不朽之作！”

这一下，人们都举起了五花八门的酒具：大茶缸、玻璃杯，或者干脆就是食堂的粗瓷饭碗，里面的酒，也是五颜六色的，有红有白，还有碧绿如春水的“青梅酒”，老余的话，让他们鼻酸。

“来，刘思扬，祝你写出不朽之作，传世之作！”茶缸饭碗碰响了，人们一片七嘴八舌，“刘思扬，干杯！”

刘思扬手里，是一只白搪瓷缸，跟了他多年，瓷已经磕掉了许多处，里面盛着红色的葡萄酒，他刚要喝，一个叫宋新城的人把他拦住了。

“这是糖水，哪里能壮行？”

“换白的！”丁克叫着。

换上了一只蓝边粗瓷大碗，里面自然是醇香浓烈的高粱白，本地最著名的佳酿，汾酒。刘思扬没有推辞，也没有废话，端起来，一仰脖子，就是大大的一口。

“好！”一桌子人，男男女女，都豪迈地喊着，喝了。

“陈果，”刘思扬端着酒碗，一抹嘴，望着对面的陈果，刚才，只有她，只有她一个人，端坐不动，没举酒杯，“陈果，你不祝我吗？”

“我还没想好，”陈果慢慢回答，“祝你什么？”

“那我来祝你，”刘思扬凝视着她，凝视得很深，“陈果，老朋友，我……我祝你——一生幸福。”

一句话，让陈果的心里，掀起狂涛。她眼圈一下子红了。高傲的陈果，第一次，在众人面前，红了眼圈。她什么话也没说，端起了面前的玻璃杯，碧绿的液体，摇晃着，青梅酒摇晃着，她的手在抖。玻璃杯和粗瓷碗，砰地碰在了一起。

“刘思扬，一路走好。”她说。

他们喝了。

“你们怎么都不祝我呢？”突然，小玲珑委屈地叫起来，“去西藏的，又不是只他一个人！”

老余第一个笑了，宽容地、怜惜地笑起来，一边端起杯子，“小玲珑啊，”他说，“呼延小玲，从今以后，你就是个大人了，”他又宽容地笑了一笑，“也许你早就是个大人，我们都忽略了，呼延小玲，我祝你，一生精彩！”

大家又一次举杯，这一次，举向了小玲珑，粗瓷碗大茶缸围歼着她纤细的一只塑料水杯，五颜六色的液体，晃荡着，漾起扑鼻的酒香，大家重复着老余的话："小玲珑，一生精彩！”这确实是一句好祝词，而且，非常适合她。

小玲珑将杯子里的葡萄酒，一饮而尽，然后喊："白的！”就有人将白酒倒在了她杯子里。她举起酒杯，站起身，脸色变得庄重了。

“陈果，”她忽然叫了一声陈果的名字，“我知道你恨我，可我总说，我不在乎。现在，就要分手了，告别了，我要去一个很远的地方，也许一辈子咱们都不再见面，我还是要说，我不在乎——真的，陈果，我不在乎你怎么样想我，我是个狠毒的人，恶人，坏女人！我不会向你忏悔、向任何人忏悔！陈果——”她的声音突然暗哑了一下，“姐姐！”她叫了一声姐姐，“我敬你一杯，为了相识一场，你喝不喝没关系，我敬你，我干了！”她一仰脖子，把半杯白酒，咕咚咕咚像喝水一样，一气饮干，然后，用雾蒙蒙的眼睛，望了一圈所有的人，“我爱你们！”她说，泪水慢慢从眼眶里涌出来。

女生们，几乎都红了眼圈。酒桌上沉默下来，一桌子的菜，平时，他们吃不着的美味佳肴，还没有什么人动筷子。小玲珑的话，让他们伤感。一生中最美好的一段岁月，结束了。四年一闪而过，那是他们挽留不住的。旁边的桌上，哗啦一声，什么东西打碎了，是一只盛酒的大碗，有个人呵呵呵咧着嘴傻笑，是一个外号叫“公元前”的男生，来自“山老区”农村，是三个孩子的爸爸，这次被分回了山区那个小县城教书。他呵呵呵傻笑着，越笑越响，最后呜呜地哭起来。

“喝醉了。”人们说。

他们自己桌上，也有境遇相同的人，是一个女生，郑岫。她比陈果小一岁，可看上去远比陈果苍老，都有了白头发。她在插队的第三个年头上嫁给了一个会唱山歌的放羊汉，生下了一儿一女两个孩子，刚进校时完全是一副农村大嫂的模样，现在，她也被分配回县城中学去了。她听着“公元前”的哭声，听着听着，突然端起了自己面前的酒碗，咕嘟咕嘟，把半碗葡萄酒一口气喝光了。

“郑岫！”她身旁一个叫张莲的女生试图夺下她的酒碗，哪里夺得下？她像梁山好汉一样豪迈地喝着，喝完了，用手背一抹嘴，笑了。

“你们可知道？”她望着大家，说道，“这四年，一千四百六十天，是什么？是天堂里的日子啊！一千四百六十天，爱恨情仇，都是天堂里的爱恨情仇，现在，我们要重返人间了，为我们重返人间，我先干一碗。”她说着抓过酒瓶，又往碗里咕咚咕咚斟着，“再敬大家一碗。”

重返人间！这句话，让人悚然而惊。郑岫双手端碗，嘴唇哆嗦着。这一回，陈果把她的碗夺下了，陈果把一块酱梅肉夹到了她的饭碗里，说：

“吃菜吧，”她朝着大家笑笑，“大家吃菜呀……过了今天，还能吃几顿这‘天堂里的菜’？”

“是啊，以后，再也吃不上它的水煮白菜了。”老余说。

“也再看不见‘白菜西施’了。”丁克笑了笑。

“潘红霞，”小玲珑突然带着醉意叫了一声始终沉默不语的这个人，“就拜托你今后替我们大家吃吧。”

一直，她沉默不语，沉默地喝着茶碗里的酒，一次一次举杯，为每一个人，为每一个理由。这就是离别，从此以后，天各一方，再也不能像现在这样，每天早晨，怀着能看到他的希望出门，被这希望照耀。四年来，这已经成为生命中的习惯。她不知道在看不到他的日子里，生活将是什么样子。可是，命运决定了，一个没有他的地方，那才是她的“人间”。她就要孤单地、孤独地到那个人间去了。

“潘红霞，”只见他慢慢站了起来，捧起了酒碗，那里面的酒，一阵晃荡，辛辣的香气让她晕眩，“你是我们之中，唯一留校的人，你也是最适合留守的一个人。留守在这里，不管我们大家在什么地方，多少年之后，也许彼此失去了联系，可是，只要我们回到这里，回到这儿，你就在这儿，守候着，我们大家，就不会真的失散。潘红霞，”他动情地喊了一声，“我敬你一杯。”

她端起了茶杯，那里面，是碧绿的液体，青梅酒。她喜欢这颜色，那么含而不露的伤心。她喝了一大口，又一大口，再一口。她一连喝了三口。大地摇晃起来，天花板在转，有罗曼风格的阴郁的建筑，在转。她是没有酒量的，她觉得身体变轻了，声音在渐渐远去，一切，都在流动，人像水草一样漂浮着，她笑了，笑得泪流满面。

“她醉了！”小玲珑指着她叫喊，她的口齿也已含糊不清，“潘红霞，醉了，真没用！我还没跟你喝呢！来，咱们干一碗，干一碗白的——你是我们大家的灯塔，为我们守候家园，不，你是圣母，是隐私知道得太多的人，小心啊，潘红霞，小心有一天人家要你的命——你太善良了，眼睛是孩子的眼睛，孔子看见这样的眼睛说，去趋之，去趋之，韶乐将作！我嫉妒你潘红霞，我想拿我的眼睛换你的眼睛，那样我就可以看到你心里的秘密了，有时候我真想一刀挑开你的胸腔，去看看你的心，你的秘密，那一定很好看，很有趣……可是有那么多人拦着我，他们都拦着我！来，咱们俩，干一碗，干一碗——”她去端碗，手一歪，酒洒了，碗当啷一声，掉在了桌子上，酒顺着桌子流下来，“河，看，酒河——”她咯咯地笑个不停。

潘红霞也笑着，只见她离开了座位，摇摇晃晃，来到了小玲珑身边。人们愕然地看她。她来到小玲珑身边，轻轻地，十分温柔地，捧起了她的脸，俯下身，嘴对着她的耳朵，说了一句悄悄话。然后，她直起了腰，仍然把小玲珑的脸，捧在手中，她望着那双惊愕的醉眼，慢慢地说道：

“这就是我的秘密，我告诉你了，小玲珑，现在你知道我的秘密了——可是，你要是敢把这秘密告诉第二个人，”她笑了一笑，“我就杀了你。”

她松开手，微笑着，转身离去。就在这时小玲珑从身后一把拽住了她。她拽住了她，什么话也没说，只是伸开双臂把潘红霞抱住了，她抱紧了她，然后，把自己的脸，贴在了她背上，忘情、安静、感动，仙草般的睫毛抖着，不一会儿眼泪就把她的脸流湿了。

“唉，你们这些女生啊！”老余叹息着叫起来，“你们这些女人！真是的，弄得跟生离死别似的——又不是不见面了，都在一个城市，都在一个中国，北京有多远？五百多公里嘛，拉萨有多远？四千多公里嘛！弄得跟生离死别似的，真小家子气呀！好了好了，以后不管到哪里，大家多联系，我毛遂自荐，举荐我当中文系七七级一班同学会秘书长，怎么样？来来来，别管她们了，咱们哥们儿举杯——将进酒，杯莫停！”他又一次举起了他的破搪瓷缸，“不醉无归！”

真的是“不醉无归”了，差不多，人人都喝高了，有了醉态。酒菜也最终一扫而光。到后来，又叫又唱，老余竟捏着嗓子学唱邓丽君，他们让刘思扬朗诵。刘思扬开口就是一句：

“等着我吧——只是你要苦苦地等待！”

他刚念出这一句，就被笑声打断了，人们说：“知道了，知道了，我们等着你的不朽之作——等你到白头！”可是丁克叫起来，“不对呀刘思扬，你已经有小玲珑了，你还要让谁苦苦地等待？”

他略一沉吟，然后仰天长啸：

“天下的好女人，我爱你们——”

人们哄堂大笑，“高了高了！喝高了！忘了自己是谁了，活活把自己当成贾宝玉了。”老余当胸给他一拳，说：“你小子，你以为就你胆大呀？”他忽然也仰天长啸一声：

“七七级一班的好女人，我爱你们——”

他们都醉了。醉着，和生命中一段珍贵的经历告别，醉着告别似乎要容易一些。他们胡乱说着醉话。到后来，有人撑不住了，跑到卫生间狂吐，有人呜呜地哭。胡子拉楂的男人，咧着嘴，哭得像个孩子——他们仅剩一天的时间，可以像孩子一样胡闹和撒娇。这一天，校园里，又热闹又感伤，有个喝醉的人，一头撞碎了一块玻璃黑板。那破碎的凄厉的响声，就像一句警世恒言，让他们每个人都感到了惊悚和疼痛。

明天，酒醒后，睁开眼睛，生活将是另一个样子。

后来，许多人回忆那天发生的事情，他们不约而同想到了一点，那就是，那天，趴在小玲珑的耳朵上，潘红霞到底说了一句什么？很久以后，偶尔地，他们想起来，还是觉得奇怪，她到底说了什么呢？

刘思扬自然也盘问过小玲珑，那时，他们已来到那个世界上最高的高原上了，可是小玲珑一脸茫然地回答说：

“我忘记了。”

她身上，藏银的首饰闪闪发光。

插曲

人间事

一、拓女子

拓，就是“大”的意思，拓女子就是“大女子”，“子”也不念子，念“则”，读轻音，“拓女则”，这里的人都这么喊她，知青们也跟着这么喊。

在家里，拓女子排行并不是老大，她上面，还有个哥，哥比她大两岁，生得浓眉大眼，却像个女子似的，一说话就脸红。她底下，有两个弟弟，一个妹妹，妹妹最小，是个白痴，不怎么会说话，光会笑，会吃。

拓女子生得五大三粗，非常健壮，宽肩大屁股，大脸盘，大鼻子大眼窝大嘴岔，可又不知道什么地方有那么一点点妖媚，非常奇怪。队里派她给女知青集体户挑水，每天多记两个分。后来，队里不给她记工了，她还挑。

这几个女学生，都是北京人，说话像唱歌一样好听。她喜爱听她们唱歌一样的说话，她也喜爱听她们唱歌，她们唱歌，唱的净是远处的事情，深深的海洋啊，什么什么河啊，五月多么美妙啊，还有男女的事。一个小伙子要去打仗了，姑娘伤心得不得了。她们唱这支歌的时候，拓女子鼻子就酸酸的。

她们说："拓女子，你的名字怎么写？是哪个'拓'啊？"

拓女子摇摇头，说："解（害）不下。"

她们很奇怪："咦？你不会写自个儿的名字？"

拓女子说："不会。"

她们更奇怪了，说："你没上过学？"

"没。"拓女子回答。

她们你看看我，我看看你，觉得不可思议，新中国了呀，伟大的时代了呀，怎么还会有这么年轻的新文盲？最后她们一致盯着拓女子看，神情又严肃又悲悯：她们决心把这最后一个新文盲消灭掉。

门板就做了她们的黑板，很现成，抽空上县城买来一盒彩色粉笔，从小学生手里借来了一年级课本，好，万事俱备了，这一天，她们在门板上，写下了"大女子"三个汉字（现在，她们已知道"拓"就是"大"的意思），等拓女子挑水过来，卸下水桶，她们就把她领到了门板前，指着那上面的字说：

"这是你。"

"我？"拓女子歪起头，左看看，右看看，扑哧一声笑了，"枝枝杈杈的，连个人样也没有，咋会是我？不像！"

她连说不像，挑起空水桶，咯咯笑着，逃似的出了她们的院子。这几个启蒙者，没了主意，不过她们不屈不挠，第二天，还是把她坚决地领到了门板前，指着那个“大”字说：

“拓女子，你跟着念，d—a大，大小的大。”

拓女子被逼无奈，只好说：“我笨得很，解（害）不下。”

“谁说你笨啊？让他来找我们！”她们七嘴八舌，“毛主席说，卑贱者最聪明，高贵者最愚蠢。”

“只要功夫深，铁棒磨成针。”

“下定决心，不怕牺牲，排除万难，去争取胜利。”

她们像唱歌似的，一口气琳琅地说了一串又一串，拓女子一张嘴哪里敌得过她们红口白牙几张利嘴，只好跟着念道：

“d—a大，大——”

“对，”她们很兴奋，“大西瓜的大。”

“大西瓜的大。”拓女子学舌。

“大丰收的大。”她们又说。

“大丰收的大。”拓女子又学舌。

“大女子的大。”她们乘胜追击。

“噢——”拓女子恍然大悟，“明明是个‘拓’嘛，非要绕这么拓的弯，俺还以为是俺大的‘大’呢！”

几个人顿时语塞，此地方言，“大”就是爹，爸爸，但是，但是那个“大”，是不是就是这个“大”呢？她们你看我，我看你，谁也“解不下”。

这一天，拓女子挑着空水桶，走在村街上。正午的村庄，鸡不叫，狗不咬，静悄悄没有一个人影，却明晃晃满当当洒了一地的阳光。街墙上，红色的一行大字，春天还是新鲜的，如今已褪了色，变得像猪血一样暗红。平日里，拓女子对墙上的字，从来都熟视无睹，可是这一天，那暗红的一排里，有一个，突然就像个活物一样蹦进了拓女子的眼窝里。咦，这不就是那个“大”字吗？拓女子惊诧地站下了，盯着那个“大”字，明晃晃的大日头下，那开天辟地的一个——字，似乎，又泼辣又有些羞涩地站在了她面前，和她相认。他们对望了许久，拓女子心里一阵欣喜，她温柔地想：

“它伸胳膊拽我呢。”

这个字啊，大，大西瓜的大，大丰收的大，它和她认识了。“它伸胳膊拽我呢。”她快活极了。可是，在这里，在这墙上，红彤彤的，它又是个“大”什么呢？拓女子好奇地猜测着，她从前往后数着那字数，一二三四五，又从后数到前，五四三二一，一共五个字，排着队，突然，她想起喇叭里经常喊叫的一句话：“农业学大寨”，哦——，她笑起来，她对墙上的那个字说道，哎呀呀，原来，你还是大寨的“大”，了不起呀！

门板上的字，今天一个，明天一个，去了旧的，写下新的，积少成多，渐渐也有了一点阵仗。那几个启蒙者，新鲜地，在门板上，种着她们的试验田。可是那新鲜并不长久，没多久，到了秋收大忙季节，先是收山药、刨红薯、起萝卜，又是割谷子、割高粱、收玉茭，天天三晌工，起早摸黑，回到家，人累成了一摊泥，没等饭熟就睡得人事不知，哪里还顾得上扫盲启蒙？拓女子收工后踩着月光挑水来，哗地倒进水缸里，怜惜地，望着坑上这溃不成军的一群，替这个脱鞋，替那个盖被，出了窑，回头看，门板上，空空荡荡，像收割过后的田野，从前的字迹，风吹雨淋，早没了踪影。

冬天来了，这个冬天，上头让搞“大会战”，修大寨田，无论男女，青壮年们，都来到了山上筑堰垒坝。成立了铁姑娘战斗队，姑娘们干男人们的活，抬石头抡大锤挑土方，数九寒天，热汗浸透了棉袄，肩膀脱去三层皮，磨成血肉模糊的一团。一个女知青得了阑尾炎，送到县医院，没来得及开刀就穿孔死了。那女知青，不是他们村的，她落户在更深的山里，一个只有十一户人家的小山坳。她那个村，有棵远近闻名的核桃树，被一股山泉养着，不知已活了几百年，也许上千年，仍旧根深叶茂，亭亭如盖，浓荫洒下来，少说能遮一亩地。那老核桃树是神树，庇佑着这小小的山村人畜平安。女知青被担架抬着翻山越岭送往县城时，村里的老人，趁着夜色，悄悄地把一根根红布条拴在树上，虔诚地在神树下磕头。

那几个启蒙者，变得日益消沉。残酷的劳作把她们打垮了。

她们想家，想念城市和一种更理想的生活。现在她们总是唱一些很伤心的歌，“为什么，我苦难的命运，送我到——西伯利亚——”她们这样唱的时候，常常含着眼泪。她们还喜欢唱一个有关草原的歌，说是一个马车夫，怎么怎么，快要死了。忧伤是会传染的，就像瘟疫。中国大地上几千万青年感染上了这瘟疫。有个青年自杀了，他的死很特别，把雷管含在了嘴里，然后自我引爆。这样的消息隔山隔水地传来，不辨虚实真假，可那绝望感被放大了许多倍。

春节将近，集体户几乎变成了空巢，那几个启蒙者，九人走了八个，只剩一个人留守。那留守的一个，也不是自觉自愿，而是，无可奈何，想来是有着难言的隐衷，也许是无家可归。傍晚，拓女子挑水进来，只见冰锅冷灶，没有一点烟火气。那留守者，蒙着被子，躺在炕上，听见人进来也不动。拓女子把水倒进水缸，在炕前默默站了一会儿，叹口气，开始寻火柴，点柴火，起火做饭。拓女子麻利地煮了一锅金灿灿的“煮窝窝”，里面下了山药蛋，又“熟”了葱花调和，立时，香气和热气，把一孔窑熏暖了。

香气和热气，也熏出了炕上那人的眼泪。

“卡佳，吃饭！”拓女子说。

这一晚，拓女子走了又回来，来和这个“卡佳”就伴。卡佳！真是一个怪名字，听起来没头没脑，孤零零，没有来历，叫人茫然。一盘大炕，让拓女子烧得暖洋洋的，炉膛里，随手埋了几块红薯和山药蛋，做明早的早餐。红薯甘甜柔软的香气，丝丝缕缕，渐渐填满了一个空虚孤寂的夜晚。拓女子盘腿坐在卡佳的对面，在煤油灯下，一针一针纳鞋垫，密实的针脚，纳出菱形、草花、云纹，钩出万字不到头。卡佳安静地靠在被垛上，双手捧着一只硕大的搪瓷缸，里面是山里人喝的大叶茶，像个恬静的、听话的小女孩。

“明天灶王爷上天哩。”拓女子突然说。

“哦。”

“你们北京城，祭不祭灶王爷？”

“不祭，”卡佳回答说，“都是四旧，迷信。”

“你们城里人，活得就是太大胆，”拓女子不以为然，“那一年，河底村有个后生，在县里念过书，也说是破四旧哩，破迷信哩，把黑龙王庙里神神的头，一伙砸了。你猜咋个？第二年，公社修水库，炸石头，点炮，点着了，不响，是个哑炮。那后生就说，我去看看。爬上去了，一伸头，轰一声，炸了，头炸飞了！你说，早不炸晚不炸，就等着他伸头哩——这是四旧还是五旧？”

“那是巧合，”卡佳说，叹口气，望着眼前这胖闺女婴儿一样无知的眼睛，想起一句话，“重要的问题是教育农民的问题。”是啊是啊，一辈子活在愚昧之中，是多么悲哀。她突然想起她们那个扫盲计划，想起她们半途夭折的雄心，感到一阵羞愧。

“拓女子，”她叫了她一声说，“教你认的那些字，还记得几个？”

拓女子一愣，有些羞涩地笑了，摇摇头。

卡佳直起身，往炕桌前凑凑，伸出一根手指，在茶缸里一蘸，然后，就在炕桌上，用蘸湿的手指，一笔一笔，写下一个水淋淋的字。

“这是什么？”她问。

拓女子歪着头，看看，笑了，说：

“大！”她盯着那个字，那个故人，那个旧相识，心里一软，“大丰收的大，大西瓜的大，还有——”她眯缝起眼睛，像是又回到了那个热辣辣明晃晃的中午，四周安静极了，“大寨的大。”

“噢！”卡佳很兴奋，她乘胜追击，又在茶缸里蘸了一下手指，写下一个复杂的字，说，“这是什么？”

“寨！”拓女子得意地笑了，“大寨的寨。”

“哦哟哟，拓女子，了不起呀！”卡佳高兴极了，“记住不少字啊，还搬得了家，还——无师自通！”

拓女子不知道什么叫“无师自通”，可她听见了“了不起”这样的夸赞，她用双手捂住了发红的脸，说：

“哎呀呀，快别说了，脸都发烧了！”

卡佳跳起来，四周翻找着，找那本多日不见的课本，找着了，在墙角箱盖上，一堆旧报纸和杂物下面压着，还有那盒彩色粉笔，就撂在窗台上，无人理睬，上面积了厚厚一层灰尘。卡佳宣布说：

“拓女子，我向毛主席保证，过了这个冬天，你自己一准儿就能看书看报纸了！”

第二天，卡佳翻山去了河底镇，在供销社，买了一刀粉连纸，几支铅笔，当然顺带也采买了一点年货，包括一包动物饼干，一包枣糕，还有水果糖，一角钱可以买十块的那种，还有两瓶珍贵的罐头，五香炸带鱼和午餐肉。她满载而归，走在山路上，这时天上下起了细雪，密密的，被风裹卷着，像无数昆虫在狂飞，撞着她的脸，她突然想起一句诗，没头没脑，而且，非常无理，可是那诗自己跑了来，谁也拦不住。

“乱花渐欲迷人眼——”

她伤感地笑了，多么绚烂温馨啊。

村子里，一片繁忙景象，有骚动的气味，原来，队里杀了一头猪，宰了一只羊，家家都分到了过年的猪肉和羊肉，还有猪羊的下水。卡佳走过槐树下一片空场，嗅到了浓郁的血腥气：不用说，这里刚刚完成了一场喜气洋洋的屠杀。她脚下的土地浸透了血，不过，此刻，它们被洁白的细雪掩盖了。

卡佳也分到了肉，拓女子替她领回了那一份，晚上，她拎着肉来到了集体户，只见炕桌上，依次放着：一支红杆铅笔，带橡皮头那种，削得又尖又细，楚楚动人，课本，还有用粉连纸装订成的练习簿，十六开大小，厚厚一摞，在煤油灯下，幽幽地，泛着白光，像黑夜中一朵大昙花，飘散出人世间最神秘、悠长的暗香。

“哦哟哟！”拓女子轻轻惊叫，她手脚一阵酸软，跌坐在炕沿上。

“向毛主席保证，”卡佳又一次重复着自己的誓言，“我要让你睁开眼睛，看见一个新世界。”

她们朝那个新世界前进了，每一个农闲的夜晚和白天，都是她们学习的好时光。习惯了勤俭过日子的拓女子，就像是节约每一粒粮食每一根柴火每一分钱一样节约着每一寸光阴，她一寸光阴也不舍得浪费。挑水的路上，她默记着生字，烧火做饭时，一边拉风箱一边背诵着课文。无论走着、站着、坐着，她永远念念有词。村里人见了，好生奇怪，说：“拓女子，念经哩？”她妈见她魔魔怔怔，还以为她是跟上了什么东西，鬼附了身，心惊肉跳的，担了好几天心。后来才知道，原来，闺女是在“学文化”。她妈想，学文化，读书识字，虽说不顶吃不顶喝，可到底不是坏事，又不花钱，随她去就是了。

薄薄一本课本，没几天，就让她念下来了，她又学会了汉语拼音，还有，查字典，这一下，可真是如虎添翼了。令卡佳十分吃惊的是，外表看起来五大三粗的拓女子，却原来如此聪慧，灵秀，冰雪聪明。她可真是一块肥美的好土地啊，撒下的种子，噌噌噌地，几乎是，见风就长，很快就成为蔚为壮观的一片好庄稼。现在，她们早已抛弃了小学课本，她们的学习，变得十分随意和灵活，什么都可以拿来做教材，也许是一段毛主席语录，也许是

“老三篇”中的某一篇，也许是报纸上的什么文章，也许是一首唐诗、宋词，或者，干脆就是墙上的一条标语和口号。

现在，拓女子几乎天天夜晚来和卡佳做伴。炕火永远烧得暖暖的，炉膛里，也常有什么东西埋着，一块红薯、一块山药蛋，或者是几枚早已风干的大红枣。做饭的灶台，被拓女子用过年吃剩的猪皮擦得如同镜子一样锃明瓦亮，上面，焙着南瓜子。一粒一粒的瓜子，在文火的煎熬中，慢慢变成饱满的金黄色。寂静中，常常听到噗地爆裂的轻响，这响动，也许是胀破肚皮的瓜子，也许是灶膛里的红薯，裂开了皮，烤出了甘甜的汁液。顿时，那一种香味，像被放出魔瓶的妖怪一样，无限地膨胀、弥散，笼盖了一个又一个吕梁山寂静的长夜。

“卡佳，唱个歌儿吧。”拓女子忽然从书本上抬起了头，轻声说。

“唱歌？”卡佳有些怅然。是啊是啊，有多少日子，没有唱歌了呢？

“嗯。”

“唱什么？”

“都行。”拓女子回答。

卡佳想了想，咳嗽一声，清清喉咙，窗外，沙沙地，有落雪的声音，不过已经是春雪了。

“在乌克兰辽阔的原野上——”她唱起来。

颤巍巍的声音，抖着，像羽毛未丰的鸟，扑扑棱棱，飞也飞不起来，茫然地，四处冲撞着，不知道哪一下，就撞到了要害处，撞到了人心底深处最软弱的那块地方，让人一疼。阳光、河流、水声，非常坦荡明亮，可是，一切，仍旧没有着落。

在乌克兰辽阔的原野上，
在那清清的小河旁，
长着两棵美丽的白杨，
这是我们亲爱的故乡……

歌声戛然而止。

拓女子深深叹了口气，“你们这些人哪，心可真远”。她说。

是啊，这真是一首遥远的歌曲，千座山万条水之外的地方，有着世界上最辽阔的疆域，有着永恒的苦难和不死的诗歌，那里是卡佳们精神的家乡，卡佳伤感地笑了。

“这是一支电影插曲，”卡佳说，“那个电影叫《钢铁是怎样炼成的》。”

“咦？一个炼钢炼铁的电影，咋还要唱这么伤心的歌儿？”拓女子很奇怪。

“不是真的炼钢炼铁，”卡佳笑了，“是讲一个英雄，保尔·柯察金，是讲他的故事，保尔，你听说过吗？”

于是，这一晚，卡佳就讲保尔，保尔和冬妮娅。保尔和冬妮娅的爱情，其实才是真正吸引这些时代青年的不朽原因。这些时代青年，一个个，有着无产阶级的情怀，可是又有着小资产阶级的情调，他们可真是矛盾啊。那个大风雪的夜晚，衣衫褴褛的保尔与裹在裘皮大衣里雍容华贵的冬妮娅最后的决裂，那泾渭分明的诀别，是他们心里很深的一个隐痛。至少，在卡佳心里，是这样。

保尔仅仅是一个开始，从这一个夜晚之后，“小说”开始登场。保尔身后，很自然地，来了牛虻。牛虻和琼玛的爱情故事，让拓女子听得泪水涟涟。拓女子说：“这个牛虻啊，这个男人啊，心可真狠，他可真狠心啊！”这样的评价，让卡佳始料不及。卡佳很惊讶，更让她惊讶的，那就是，这个脸上有刀疤的男人，这个在南美酷热的大地上、甘蔗田里、马戏班中，备受摧残凌辱的革命者、志士，这个使中国万万千千仰慕革命的女青年迷恋热爱的偶像，拓女子竟然一点也不喜欢！“他真狠心，真狠心，你说，他对得起谁？”拓女子质问着卡佳。而让她喜欢的、怜爱的，是谁？竟是那个最微不足道的、卑贱的吉卜赛女郎，绮达 · 莱尼。

“那个绮达，他待她，还不如一条狗啊！”拓女子伤心地唏嘘。

卡佳想，怎么会这样？多么幼稚！可她说服不了拓女子，当然，她也并不急于说服，她知道这不是一朝一夕的事，她豁达、宽容地容忍着她的种种谬论，就像一个大人容忍着孩子。一个又一个长夜，北风掠过山巅上的树梢，发出时而尖锐时而低沉的叫啸。从前，这山上，山深林密，如今，林子已经稀疏多了，可是还藏得住狍子、狼这一类动物，甚至，还有山猪。夏天，青纱帐起来时，山猪常常下山糟害庄稼，村子里就总得派人看青，一有风吹草动，看青的人，就敲响手里的铜锣，一边大声吆喊：“山猪噢——哈（下）来得啰啰啰——山猪噢——回咯吧啰啰啰——”像是在和那饥饿的动物商量，好言相劝着。

在这样漫漫的山村长夜，保尔和牛虻万里奔波联袂而来，带着他们心爱的女人，当然，远不止他们，还有那叫“安娜”的女人，叫“丽莎”的姑娘，还有我们自己的姐妹：咯血而死的梅表姐、投湖自尽的鸣凤，当然更少不了那千古第一情痴林黛玉……这些遥远的为爱而死的女人，阴差阳错地，喧嚷地，走进了吕梁山深处这个叫作磨盘凹的山村，走进了一个原本目不识丁的村女平静的人生。她在北风呼啸的十六岁的夜晚撞上了她们，这是她悲惨人生的开始。

二、假如生活欺骗了你

出村，朝西走二十里，更深的山洼里，有一个小村庄，叫核桃凹。这核桃凹，山上山下，长满山核桃树，只有十几户人家，是个穷地方。这里的人家，烧火做饭，锅热了，就把从树上打下的山核桃仁，丢几粒在锅底，用锅铲压一压，压碎了，就借那一点油星气，煸锅煮菜。

山下，平川里的人，甚至，磨盘凹的人，瞧不起核桃凹，编派它穷，说，有个核桃凹人，下山走亲戚，在亲戚家里吃了一顿饭，亲戚家的女人，红油炝锅，葱花投下去，“嗞啦——”一声响，把他吓一跳。回到家，这人就对自家女人不满意，说，人家也是做饭，你也是做饭，做了这些年，咋从来也弄不出那“嗞啦——”一声响动？

平川里的人，山下的人，听到这里，总是哈哈大笑。

话说这核桃凹，有一户人家，姓杨，当家的男人死得早，留下一儿一女，和一个年轻的寡妇。寡妇没有“朝前走”，没改嫁，一个人，拉扯着两个孩子，苦熬苦作，养大了他们。到了这一年，儿子虚岁已满二十五，女子也到了十八，杨寡妇就想，行，可以办大事了。

杨家这女子，小名就叫个“暮女”，一听就知道是个“暮生儿”，遗腹子。这暮女子，小时候，黄皮寡瘦，流两条清鼻涕，头发稀疏得盖不住头皮，像个癞痢头，又像个谢顶的老太婆。可是长着长着，不知什么时候、哪个节令，这歪瓜裂枣似的小女子，一下子，就出落成了一个水灵灵的大闺女。一口银牙，两只巧手，皮肤雪白，嘴唇红艳得像花骨朵。暮女子出来进去，村里人就说，哎，这可真应了那句老话，山洼里生出金凤凰了！只怕这金凤凰，迟早要飞。

是啊，这样一只金凤凰，核桃凹哪里留得住她？核桃凹又没有一棵栖凤凰的梧桐树，她终究是要飞出山外去的。就像浣纱的越女西施，在浣纱溪边，静静地，耐心地，等待着一个惊世骇俗艳光四射的未来和结局。这一天，渐渐临近了，媒人开始登门，从山左、山右，还有，从通向山下平川的小路，爬上来，走得气喘吁吁，脑门上，印着紫色的大火罐印。杨寡妇真是沉得住气，她稳坐泰山地听着媒人们口吐莲花，心里却早有一定之规：她要办成一件十全十美的大事。

这一天，又一个媒人上门了，她从山下爬上来，鞋面上沾满细细的黄土，她头上，包一块翠绿的头巾，衬得那火罐印异常的鲜明醒目。她的火罐印，不是一个，而是三个，这就形成了阵仗，有了威势。这三个火罐子的媒人，底气十足地进了杨家门，进门就喊:“成贵妈，我先给你道个喜——道个双喜！”成贵妈，杨寡妇，听了这话，笑了。到底是三个火罐子啊，果然不一般，一句话，就说中了事情的要害。

提亲的，说的是磨盘凹马家。马家的儿子，迎娶这只凤凰，马家的女子，嫁给杨家为媳。两家一换亲，马家和杨家，都免去了一笔可观的彩礼。真是两全其美的事。

磨盘凹，是方圆百里的大村庄，从前，村里有一家大磨坊，有一家粉坊、豆腐坊，还有一家油坊。再早，一二百年前，据说，村里还有一家纸坊。如今，纸坊、油坊早不见了踪影，可粉坊、豆腐坊还在，过年过节，或是来了亲戚，提一篮子红薯，到粉坊里换两斤粉条，或是端碗黄豆去豆腐坊换块豆腐，还是很便宜的事。虽说不是平川，可日子比核桃凹不知要富足多少。

马家在磨盘凹，不算富足人家，兄弟姐妹多，还有一个只会吃不会说话的痴呆妹妹，可到底还圈得起几眼窑，有一处大院子，自留地里，头伏萝卜二伏菜，日子过得也算齐整。只不过，那痴呆妹妹，早晚是做大哥大嫂的一个大包袱。知根知底的村里人，邻村人，因为这个，谁也不肯和马家结亲家。马家的大儿子，说话就满了二十五，还说不下个媳妇，底下一扑溜弟妹，把他妈煎熬得吃不下，睡不着，竟得了癔症，半夜爬起来梦游，到早晨，机明过来，发现自己坐在坟岗子上，吓出一身冷汗。从此人就变得恍恍惚惚的，一阵机明一阵迷糊。请来大队的赤脚医生，针灸、吃药，不见起效。有一天，家里人都下地去了，这家的女子，锄着玉米，忽然想起一件事，不是件当紧事，可心里总觉放不下，忙跟小队长告了假，扛起锄头往家里跑，一进门，窑里的情景把她吓呆了。只见她娘，跪在炕上，把一个荞麦皮枕头，死死地，捂在了傻妹妹的脸上，傻妹妹的两只黑脚板，拼命地蹬踹、挣扎…… 只听她娘嘴里说道："你走吧，你走吧，你走了，咱一家，才有个活路呀！"这女子尖叫一声，扑上来，把她娘一把搡开，掀翻枕头，只见傻妹妹，脸已憋涨成了紫茄子。她抱起妹妹，又拍又揉又掐人中，半晌，那傻孩子，才"哇——"地哭出声。这女子也哭了，她把妹妹紧紧搂在她丰满肥硕的怀里，她想，天哪天，真险哪，晚来一步，这个家，就天塌地陷了！

这一家人，忧心忡忡，带着生病的娘，去县医院看病。看病自然要花钱，东挪西借的，拉下了饥荒。可是，没有药能治得了这女人的病，这女人的病，其实不难治，她要的只是一场喜事：一个新媳妇，一通吹吹打打和鞭炮，就能让这迷魂回家。果然，自从三个火罐子的媒人一上门，她就越来越机明了。那一天，她千恩万谢地把媒人送出窑，一回身，抱住了她的傻女子，她泪水涟涟地把那傻女子揽进怀，说道：

“亲亲哪，女子呀，你可不要记恨娘，娘是为了救一家人啊。”

这女人，看到了生活的曙光，活过来，挣扎了过来。她又变成了一个庄户人家的好主妇，想到马上就要娶媳妇，嫁女子，她高兴得不知道该先张罗什么。她叫着傻女子的小名，说：“疙瘩呀，疙瘩呀，你就要有一个嫂子，一个姐夫了，你见了人家，可要有礼数呀。”不想，这家的大女子听了这话，皱起了眉头，说：“妈，谁是疙瘩的姐夫？谁要给疙瘩找姐夫？”

“咦？”她娘笑起来，“憨女子，莫非疙瘩还有几个姐姐哩？”

“这就对了，”那女子稳稳地回答，“谁是疙瘩的姐夫，这件事，我说了才算。”

她娘愣怔了一下，一家人，都愣怔住了。她爹在炕上，叭叭地抽着旱烟袋，小兰花浓郁的香味，呛得人头晕。她爹抽完一锅，在炕桌上敲敲烟袋锅，叫着那女子的名字，说道：

“拓女子，爹知道，委屈了你，人往高处走，核桃凹那地方，山洼洼里，太穷——”

“不是因为穷，”拓女子打断了爹的话，“我又不是金枝玉叶，千金小姐，受不得穷，是——”

“那是甚？”她娘抢着问。

“是我不爱他！”拓女子冲口而出，“要嫁，我得嫁一个自己喜爱的人！”

她不顾羞耻地，说出了这句话。娘傻了眼，爹猛一阵咳嗽，咳得惊天动地。半晌，她娘醒过了神，忙问：

“你自己处下了对象？”

“没。”拓女子摇摇头。

“那这事可就由不得你！”她娘气急败坏地说。

“由不得我？”拓女子冷冷一笑，“好！那你们就抬上我的尸首嫁到杨家去！”

撂下这句话，拓女子冲出了窑门，惊得她家的狗，汪汪一阵乱叫。磨盘凹的夜，吕梁山的夜，静如处子。一轮满月安详地照着入睡的村庄、山峦和空无一人的村路。拓女子孤零零跑着，她像识途的马一样朝村子尽头跑。那里，高高的土崖下，一排三孔窑洞，黑着，没有灯光，没有人气。她喘着粗气一路狂奔来到了这里，投奔到了这里，可是，它瞎着、哑着，像死了一样没有呼吸和热气。拓女子一头扑到了它紧缩着的门板上，两只粗壮的、男人似的大手，哆嗦着，抚摸它。她身子慢慢往下滑，马一样结实的身子，热气腾腾汗水淋淋的身子，弓起来，扑通一声，跪在了地上，呜呜地，哭出了声。

“卡佳！卡佳！卡佳！”她啪啪啪拍击着门板，喊着这名字。

卡佳走了。她办了“病退”，回到了她的北京。她们都走了，先是一个人参了军，有一天，一辆吉普车，惊天动地地开到了磨盘凹，车上下来一个富态的妇女，还有一个军人，以及一套叠得整整齐齐的绿军装。富态的妇女和吉普车接走了第一个——听说那是个军长的女儿，可真是看不出。接下来就有了第二个、第三个，招工的招工，当工农兵学员的当工农兵学员，卡佳是最后一个，办了病退。人走光了，剩下几孔空窑，还有，这门板，这叫醒了一个灵魂让她睁开眼睛看见新世界的门板……

她哭了很久，她还从来没有这样翻江倒海地恸哭过，身子都哭软了，软得没了一丝力气。不知什么时候，她已翻身坐在了地上，山风慢慢地，吹干了她脸上的泪痕。她觉得这一场恸哭让她心里痛快了，也清楚了。她想，我不能由你们摆布呀！她站起身，走到窑洞的西边，那里，有一条通向崖顶的小路，她爬了上来，一步一步，来到土崖边。月光把崖顶，照得如同白昼。她朝下看了一眼，有一些奇形怪状的黑影，幽幽地，躺在崖底，她知道那是一个安静的、安然的去处，除了羊群和放羊人，很少有人到那里去。她犹豫了片刻，她想，我还没有爱过一个人呢！这个“爱”字，让她又一阵撕心扯肺的疼痛。她多么想爱啊，爱一个人，和他，过有爱情的日子。她只要这样的日子，别的日子，她不要。

她笑了笑，她想，没有爱情的日子，生不如死。

然后，她纵身一跃，像只黑色的飞鸟一样，扑向安静的、安然的崖底。

秋收过后，八月节，磨盘凹马家，迎娶了核桃凹的金凤凰。同一天，核桃凹杨家，迎娶了马家的闺女。

杨家和马家，都在院子里，垒火起灶，摆下酒席。马家杀了一只羊，半只分给了亲家。羊杂汤醇厚的香气，在磨盘凹和核桃凹，同时喜气洋洋地飘荡。

杨家的新郎官，小小的个子，比新娘，差不多低半头，身段像个发育不良的孩子。新娘却人高马大，胯骨宽宽的，走路有点跛，不过既不妨碍干活，也不妨碍生儿养女。杨寡妇很满意，她看着新媳妇的粗腰大屁股，心想，过日子，要的就是这实实在在啊，相比之下，自家的闺女，就有些单薄花哨了，好比墙上的画，中看不中用。

只不过，杨家新媳妇的面色，不大好，黄白黄白的，不像一张结实饱满的村姑的脸，而且，大喜的日子，不见一丝喜气，也没有羞涩之情。垂着一双大眼睛，木木地，坐着，像个聋子和哑巴。

杨寡妇，成贵妈，拓女子的婆婆，在一旁冷眼旁观，点点滴滴，都看在了眼里。她想，不怕，不怕，生面总有揉熟的那一天，再烈性的牲口，也有低头的那一天，咱们就骑驴看唱本吧！

新媳妇跳崖的事，杨寡妇自然早已知晓。马家让媒人递过了话去，说，人过了门，好歹别逼迫得太急。三个火罐子的媒人，把话说得很柔软，杨寡妇忍不住冷笑，说，告诉亲家母，叫她放心，她金枝玉叶的女子，我敢不好好待承？

临出门，新媳妇的娘，把那傻女子，拉过来，摁住头，摁到地下，嗵嗵嗵，给出嫁的姐姐，磕了三个响头。她娘哭了，说：“拓女子，你不看别的，就看你这可怜的妹子吧。”她妹妹抬起头，咧着嘴，嘿嘿地，冲她傻笑。她妹妹看见姐姐崭新的一身花袄，觉得新鲜，她呜里哇啦地喊叫着，意思是说，花！花！表达着她心里的喜悦。

拓女子眼圈红了。

她是死过一次的人了，跳了崖，可是，一棵从崖身斜伸出去的酸枣树，慈悲地，拦截了她一下，这一下，救了她一命。人们找到她时，她躺在崖底荆棘丛中，人事不省，一只羊温柔地舔着她的脸。人们把她抬回家，她妈立时就栽倒在地上。这一通忙乱哪，又得顾她，又得顾她妈。请来了赤脚大夫，颤巍巍三寸长的银针，就扎在她妈和她的太阳穴上。她妈醒过来，她却迟迟、迟迟不睁眼，她挣扎着，她是真的不想再回到这个悲惨的世界。

可她还是醒了。

窑里，掌了灯，灯苗一条一条，一窑的人影。起初她还以为是鬼影，可再一看，不是，都是她的亲人，都是她这一世的骨肉亲人：爹、娘、哥哥、弟弟们，还有，傻妹妹。他们围着她，傻妹妹，一直、一直趴在她脸前，拉住她的手。她不明白姐姐为甚一直在睡觉。她醒来了，一切都没改变，还是那个世界，还是那些亲人，还是那个不可更改的结局和命运。

只听扑通一声，只见她妈，头一个跪下了，跪在了地上，她妈说:“你们都跪下!”她哥，她兄弟，她俩兄弟一边一个拽着傻妹妹，扑通扑通，直挺挺，齐刷刷，跪了一地。只剩下了她爹，像截枯树桩一样呆立在那里。她妈跪在地上，叫着她的名字，说道:

“拓女子，一家人，都给你下跪了——”

一语未了，她妈已是泣不成声。兄弟们也哭了，她哥流着眼泪给她磕了一个头，她哥结巴着说:“拓女子，哥这辈子欠…… 欠下你了，下辈子，我一定还——”

拓女子抬起黑黑的大巴掌，捂住了眼睛。眼泪像蚯蚓一样从指缝里钻出来，钻出来。她知道，她不能死了，她不能不管不顾，活得那么自私，她不能欠下一家人的债……

磨盘凹的人，本来，听说了马杨两家换亲的事，都觉得，这是一桩好事，还觉得，在这桩好事中，马家其实占了一些便宜。谁也没想到，嘿，这马家的拓女子，不知死活，不知好歹，竟闹出了这一出。磨盘凹的人，凡事，最讲一个“理”字，人人都觉得这拓女子不懂道理，人家杨家，是穷，可你马家又怎样?人家杨家后生，健健全全一个人，活蹦乱跳一个人，咋就配不上个你?莫非你是天女下凡神仙转世?倒是人家妹子，如花似玉，嫁给你马家一个结巴子，日后，还得伺候一个不知道吃喝拉撒的傻妹子，若论寻死觅活，该是人家也不是你!

“造孽哩!”磨盘凹的老婆婆，在背后戳着拓女子的脊梁骨。

“不机明！”女人们叹息。

“入了邪魔了！”最后，大家一致认为，这拓女子，生生是跟上北京来的学生，识字看书，看坏了脑子，走火入魔了。

拓女子在炕上，躺了三七二十一天，等她重新下地来，已经是一个瘸子了。人都说，伤筋动骨一百天，可是她命贱。她一点儿不在乎瘸了一条腿，她想，我为谁珍惜这身子？她鄙夷地瞧着那残腿，甚至，有一点幸灾乐祸：至少，他们娶过去的，不是一个完美的、完好的人了。

她向日葵似的饱满的圆盘大脸，瘦了，下颌变得尖俏，褪去了被阳光灼出的颜色，看上去白净许多，也沉静许多。她几乎像一个哑巴一样不再使用她的嘴巴和人说话。她坐在炕上，有时，坐在她家院子里那棵枣树下，望着山，望着天，望着掠过山尖的朵朵白云，一坐就是半晌。鸡踱着方步过来，跳上她的脚背，大大咧咧地，在鞋面上拉一泡屎，就当她是块石头。一阵秋风吹过，早熟的红枣，扑嗒、扑嗒，落下来，砸到她头上、肩上。傻妹妹嘿嘿笑着跑来，捡起红枣朝嘴里塞，吃完了，吐出一枚枣核，托在掌心，奇迹般地，端详着，然后把它郑重地塞到姐姐的手掌里。

喜期逼近了，那个日子，就像骑上了马，六百里加急，跑得飞快，转眼就喷着响鼻热气腾腾来到眼前。她家里，做新房的那一孔窑，让她哥用石灰水粉刷一新，墙上，糊上了崭新的炕围纸。窗花剪好了，大红的喜字也贴上了，杀了羊，宰了鸡，换回了豆腐和粉条，院子里，灶火也砌好了，桌椅板凳碗盏杯盘也张罗着借下了，万事俱备，只等着新媳妇过门了。

自由的日子，纯洁的日子，只剩下最后一天，明天早晨，太阳升起的时候，她就要去过另一种生活了：那是她用死也抗拒不了的生活。她一个人，躲在窑里，没人来骚扰她。一家人都在外面忙着呢，她妈和邻居老娘娘们儿正支着鏊子热火朝天地打月饼。她关着窑门，慢慢理着自己的东西：几件破衣衫、纳好的两双鞋垫、一把大红的塑料梳子，是卡佳送她的，她一直舍不得用。还有，还有她的抄本，那用粉连纸装订出的大本子，厚厚的，上面，写满了她的还有卡佳的字迹。她捧起那本子，抚摸着，轻轻地、小心地掀开一页，一阵哗哗的、干燥又贴心的响动，三个歪歪扭扭粗笨的字撞进她眼睛里，她鼻子一下子就酸了。

那三个字是：大女子。

大，大丰收的大，大西瓜的大，大寨的大。

就是这个“大”字，在一个明晃晃鬼影也不见一个的村街上，伸出胳膊拽住了她，引诱了她，像一个轻佻又帅气的、阳光灿烂的少年郎！

你这个“大”呀！

这一天，这最后的一天，拓女子就这么，坐在炕上，一页一页，翻看着她的抄本，她的练习簿作业本甚至是，课本，人生的课本。翻过一页，她就埋葬了一天，又翻过一页，又埋葬一天。

一页一页地，翻下去，最后，她合上本子，抬起头，现在，她把自己埋葬了，活埋了。她就这样坐在了自己的坟前，在出嫁的前一夜，这个新娘她为自己守灵。

那本子的最后一页，是卡佳的笔迹，抄录着一首广为流传的普希金的诗歌：

> 假如生活欺骗了你，
> 不要忧郁，也不要愤慨，
> 不顺心的日子暂且容忍，
> 相信吧，快乐的日子就会到来……

下篇

爱与死

一、本来要去巴塞罗那

米小米特别向往西班牙。

很久很久以前，她还是个小姑娘的时候，读过一本叫作《血沙》的小说，那是一个发生在西班牙的故事，一个贵族小姐，爱上了一个斗牛士。那贵族小姐非常美丽，有着健康的胃口、惊人的食量，和同样惊人的残忍。故事她早就忘记了，忘不了的是那时候许下的幼稚的誓言：嫁一个斗牛士。

还有一本和西班牙有关的小说，叫《太阳门》，也是那时候，一个小姑娘的时候读的。那本书好像是一个著名的共产党人写的。关于那本书，她记得的只有这些：一个失恋的女人，独自跑到西班牙去参加战争，西班牙正在打仗，那个女人去西班牙是为了死，死在西班牙，这就是那个时代的浪漫。

那是一本和死亡有关的书。

还有就是阿莫多瓦，“西班牙不倒的旗帜”，这是她非常喜欢的一个电影导演，几乎可说是最喜欢的。一想起阿莫多瓦，她首先想起的是那样一个梦幻般的画面：一个巨大的、顶天立地的女性生殖器，无声地占据了银幕所有的空间，一个小小的男人，像一只蜜蜂，在那巨大的花苞之上，忙碌着，爬上爬下，最终，他整个的身体、整个人、整个生命乃至灵魂，都钻进了那黑暗而温暖的洞穴深处。多么巨大的生命之门，爱之门！在米小米心里，这是通向西班牙的神秘之门，是她的——太阳门。

其实，关于西班牙，她知道的，差不多只有这么多，而这些，全都和“死”有关。当然，也和“爱”有关：极致的、极端的、酷烈的爱，焚烧和毁灭一切的爱。

何况她现在离西班牙这么近——一生中最近的时候，几乎可以从风中隐约闻到西班牙的气味，阿莫多瓦蓬勃欲望的气味。当然不会有人同意她这说法。他们坐在游船上，例行公事地欣赏着塞纳河两岸的风光。他们在巴黎阴郁的身体里穿行。许多人很激动，其实他们看到的只是镜头中的巴黎：他们几乎是在不停地照相。

这是二〇〇四年春天，巴黎，有许多关于中国的时刻和话题。正月里的某一天，传说中的埃菲尔铁塔被红灯照耀了一夜，这红被命名为“中国红”。总之，米小米来这里，是来参加一个和中国和文化有关的活动。这一行人里，有大学教授，有资深的学者，当然，也有像她一样随团的大报记者：是一个比较“成熟”的队伍，而且，人人似乎都对巴黎情有独钟，热爱得不得了。

去“左岸”了吗？去了去了，在那里走了一下午呢，脚都走肿了！还在“双偶”喝了咖啡。

今天下午，参观卢浮宫呢，大家要抓紧时间啊！

“奥赛”？“奥赛”怎么能不去？不去“奥赛”，来巴黎干什么？

巴黎圣母院啊！

这是所有人的巴黎，不是她的。也许是天气的缘故，阴冷，几乎没有看到过太阳。塞纳河铅灰色的河水，让她感到了巴黎这座都城的凛然，还有——拒绝。她很想念太阳，想念有太阳的地方，比如，巴塞罗那。她认定了那里是阳光灿烂的，明朗的。南欧嘛。

那么，此时不去，更待何时？

当然，时间是紧了些，算来算去，只有四天的时间是她可以自由支配的。四天四夜，九十六个小时，不算少了，她想。剩下的事情就是联络旅伴，虽说这个团有“老龄化”倾向，可年轻人还是有几个，所以也不是什么难事。至于交通工具，她首先排除了飞机，然后，在火车和汽车之间选择了那么几分钟，最后决定，汽车。

租汽车。

现在，他们就是坐在了一辆深蓝色“现代”牌中巴车里。车子是米小米通过一个朋友租来的，属于一个同胞开办的旅行社，当然，他们不仅租了车还租了司机。一切手续完备，签了合同，交了费用。朋友对米小米说："都搞定了。"那么，外乡人米小米又有什么理由认为"没搞定"呢？

深蓝色的"现代"，看起来很新，很年轻，生气勃勃的样子。它停在旅馆外面狭窄安静的一条小街上，这个旅行的早晨，奇迹般地，有了阳光。阳光照着"现代"，使它发出蓝宝石般的光芒。一切看起来都很不错，天气、车、旅伴，还有司机。巴黎在这个早晨尽善尽美。

司机是个大高个，很酷，穿着皮夹克和厚厚的大皮靴，帮女士们拎行李，说着东北腔的普通话。这司机在未来的四天中，还将担任他们的导游。根据米小米在国内旅行的经验，导游都很善于讲笑话，人人都有一肚子的黄段子，那是他们调动游客情绪的法宝。果然，等大家坐好，一切安顿停当，司机就回头笑着对大家潇洒地打了个招呼。

"笨猪。"

仿佛唱歌一般。

大家愣了一愣，然后就笑了，那是法语的"你好"。

七天会议开下来，不认识的人也都认识了，却又不是那种熟透的人，游刃有余，特别适合做旅伴。他们一共有六人，除了米小米，还有一位北京女孩儿，和米小米是同行，也是一位京城"名记"。而且，据说她还写东西，属于"美女作家"中的一员，新新人类，笔名很卡通，叫“辛小丸子”。这辛小丸子有一只耳朵从上到下打了无数个耳洞，银色的小耳环给她的这只耳轮镶上了一道亮亮的银边，而另一只耳朵，则比较循规蹈矩，只有一个耳洞，上面却趴着一只狰狞的大黑蜘蛛，那是一个黑松石制作的很酷的耳钉。

她当然有一个男友，看上去没那么眼花缭乱和夸张，比较小资。年龄也在某种过渡阶段：比新人类旧一些，比旧人类新一些。一身非常适合旅行的休闲衣装，看上去十分舒适。但是时尚中人一看就知道那都是如雷贯耳的一线品牌。他姓宋，是北京某家大出版社的副老总，一位“名编”。可是他们都叫他“布波”，说那是他的网名。

另一位男士，则要年轻许多，差不多算得上是一位“男生”。留着板寸，也是一位“耳环族”，不过很简洁，只有左耳朵上垂下一只小小的银环，也许是铂金的。米小米开玩笑叫他“底——笛”（弟弟），原来他是台湾人，一个自由撰稿者。这次活动主办方也邀请了台湾和港澳地区的文化人参加，又住在同一间酒店里，自然也都认识了。于是大家也都跟着米小米一起叫他“底笛”，至于他的本名，反而无人知晓。不过知道他有一个英文名字，叫杰米，那是他在美国读书时的名字。

剩下的两位，司机一上来，就叫她们“玛达姆”。这让其中的一位很不高兴。这个“玛达姆”姓吴，叫吴梅，河南人，供职于一家很大的研究机构，是个研究员，相当于正教授。吴梅教授说什么也应该是五十年代生人，孩子都念大学了，是个地地道道的“玛达姆”，可她心理年龄至少年轻二十岁，喜欢年轻人的东西，比如，用CK的香水，留“离子烫”烫过的披肩发，戴很夸张的藏族银饰，披响流苏的大披肩，穿着打扮十分波希米亚。她一有机会就要讲一个故事，说的是美国伊利诺伊州，密西西比河上，有一只巨大的赌船，永远停泊在岸边，要想登上这只赌船，必须年满二十岁。而那一次，她和朋友们开车去那赌船上玩，人家都上船了，只有她，玛达姆吴，被拦阻了下来，直到她理直气壮出示了护照。后来她的朋友们总是拿这件事开玩笑，叫她“未成年人”。

“老外都是傻帽，”她又一次讲这故事时，他们的司机，那个东北大汉这样总结道，“他们根本看不出亚洲女人的年龄。你叫他们‘笨猪’，他们还朝你傻乐呢！”

这样的结论，玛达姆吴当然不爱听，可她是个见过大世面、有教养的知识女人，当然不能跟这样一个粗鲁的家伙一般见识，可她心里已经有些后悔她的选择了，她感到这车有点可疑。

“我看这司机有点像黑社会。”她悄悄地对身边另一位“玛达姆”说。

那位玛达姆笑了。

是我们熟悉的微笑。

二十二年过去了，河边那所学校，那所简陋却生气勃勃的学校里激情如火的姑娘潘红霞，如今，已是地地道道的“玛达姆潘”。她头上甚至有了白发，她也没有去遮掩它们，像其他同龄的“玛达姆”们一样把头发焗出青春的颜色。她圆圆的向日葵般的大脸，不知什么时候，变瘦了，变尖了。但是看上去有一种时光留下来的沉静的美，像老建筑。她的加盟，说实话，让米小米感到十分意外，因为她怎么看都不像一个心血来潮做事冲动的人，也不像一个“扮蔻”的人。是她主动来找米小米的，她说：

“听说你们要去西班牙？”

“是啊。”

“能不能算我一个？”

“当然可以。”

米小米嘴里说着“可以”，心里却起着疑惑。犹豫了两分钟，她终于吞吞吐吐地说道：

“潘老师，是这样，每个人，差不多，嗯，差不多需要五百多欧。”

“没问题。”潘老师很谅解地微笑了一下。

“还有，就是安全问题，您知道马德里刚刚发生过大爆炸。”

“我知道。”她回答。

米小米还有什么话说？

其实，米小米真的十分不愿意和这些“玛达姆”级的人物一同去她的西班牙。她希望这是一次疯狂之旅，峰巅之旅。她还想要一个奇遇。但是偏偏是这两个“玛达姆”十分热心，而年轻的同道中人却反应冷淡。是啊，巴黎的魅力是无与伦比的啊，他们都想把最后的时间和口袋里最后的欧元统统奉献给伟大的巴黎。太正常了，米小米没有办法让所有人都和她一起反常。

假如，她口袋里欧元足够丰富的话，她一定会自己把这辆“现代”包下来。谁让自己“人穷志短”呢？那就只好凑合着吧，就当她们是两件多余的行李。

现在，终于，他们上路了，一切都那么好，几乎近于完美。他们的汽车，从巴黎身体的纵深，渐渐接近了这座都城的边缘，朝南，朝着西班牙行驶。阳光洒在公路上，有一种特别澄澈的感觉，不知为什么像高原的阳光。有一阵儿车厢里很安静，大家都被这样一个晴朗和清新的早晨感动了。后来，是辛小丸子打破了沉默，她叹息似的说道：

“这就是传说中的法兰西啊！”

“是啊，再不出太阳，我都以为自己在伦敦了。”她身边的那位“布波”先生说。

“巴黎的春天就是酱紫的耶。”杰米“酱紫”（这样子）告诉大家。

“不会吧？”玛达姆吴说，“巴黎我这是第四次来了，还从来没碰到过这么倒霉的天气呢，好像永远在下雨，幸亏带了伞。”

那把伞，大家都已经见识过了，确实是一把漂亮的伞，那是她在纽约索荷一家艺术品商店里买的，撑开来，伞面上，是梵高蔚蓝色的《星空》，想来价钱不会便宜。她很为这把伞骄傲，觉得它代表了自己的品位。

她不知道辛小丸子们简直不屑一顾。

“俗。”他们说。梵高已很不幸地成为中产阶级典型的符号了。蓝色的“现代”，早已驶上了一条高速公路。“布波”扫了一眼窗外疾驶而过的路牌，什么也没看清楚，他叫了一声司机：

“师傅，我们现在朝什么方向开？”

“奥尔良。”司机回答。

“布波”随手打开了手边的《欧洲地图》册，在上面搜索着，一边对身旁的辛小丸子指点：

“奥尔良是我们经过的第一个大城市，然后我们要经过布尔日、克勒蒙费朗，穿越中央高原，翻过塞文山脉，到达利翁湾边上的蒙彼利埃。然后，再沿着地中海，翻比利牛斯山脉，最后到达这里——巴塞罗那。今天晚上我们可以在巴塞罗那吃海鲜。”

“其实也可以住在蒙彼利埃，”辛小丸子回答说，“听说法国南部是素食者的天堂，那儿一定有好多好吃的。”辛小丸子总是称自己是“素食主义者”。

“是酱紫的耶。”杰米接口说道，“法国人把那里的食物叫‘阳光的菜肴’，香味特别浓，是很健康的地中海风格，因为那里到处都长着香草：迷迭香、百里香、薄荷香什么的，有一种酱汁，叫阿优力(aioli)，就是这些香料做成的，还有用橄榄油、大蒜和蛋黄做成的蛋黄脔，拌生菜沙拉，好好吃！”

“是吗？”“布波”顿时来了精神。不过他当然不是什么“素食主义者”，他是一个地道的杂食动物。他的理想之一是吃遍天下美味。“为什么叫‘素食者的天堂’？难道没有值得一吃的肉食？”

“当然有吃，”杰米回答，“整个地中海沿岸都产海鲜，有深海的牡蛎吔！还有小龙虾、海胆，有著名的普罗旺斯炖鱼汤，它的做法至今还存在争议，不过认为汤里应该放番茄和番红花的一派算主流。有一种炖鱼，叫布里德炖鱼，这道菜必须加阿优力酱汁才正宗。还有很棒的牛羊肉，有一种南部希斯特隆地区草地上放牧的小羊，非常鲜美，做这道菜好费工夫啊！要在慢火上炖很久很久。那里人吃牛肉，用红酒来炖，里面要加番茄和橄榄，橄榄对南部人来讲是非常重要的东西，酿紫(那样子)炖出来的牛肉，你们想想是什么好味吔！”

“天哪！”辛小丸子不禁大叫一声，学着杰米的台北腔国语，“底笛啊，你可真了不起吔！”

不仅是辛小丸子，一车人，都来了情绪，谁不热爱美食呢？只有玛达姆吴唱着反调：

“怎么光是吃啊？蒙彼利埃就没有好看的地方吗？想一想，要翻比利牛斯山脉呢！比利牛斯山哪，多激动人心！”

“那么好吧，”辛小丸子表示对高尚意见的尊重，马上转过请教着他们的“底笛”，“请问杰米先生，蒙彼利埃有好看的地方吗？”

“当然有看啦，”杰米回答，“还用说？蒙彼利埃一边是塞文山脉，一边是地中海，所以风景很特别吔。我们可以沿着‘佩胡步道’步行，看着十八世纪的水堡，古典主义风格的花园，和欧洲最古老的植物园。那里的人，会说一种‘欧克语’，知道‘欧克语’是什么吗？非常浪漫耶，那是中古时代游吟诗人使用的特殊语言，专门用来吟唱爱情诗歌的。如今那里的老人家们说话时还会偶尔蹦出这种语言来，真是好浪漫——也许全世界只有那里还保存了中世纪的爱情吧？”

“太棒了吔！”辛小丸子叫起来，“米小米，没准你会在那里碰到一个老骑士！”

米小米笑了，“我说杰米，你去过那里多少次？怎么听起来就跟说你家的事似的？”

“多少次？我想想看，”杰米拍了拍他的前额，做思考状，一仰脸，非常阳光地一笑，银灿灿的小耳环摆了几摆，“一次也没去过，”他说，“在书上看来的。”

“哄——”一声，一车人都笑了。这个杰米，这个“底笛”，他可真幽默哟。

不过大家都被这个“蒙彼利埃”被这浪漫的法兰西南方吸引住

了，“布波”高声地叫着司机：

“哎，师傅，今天晚上我们就住蒙彼利埃行吗？”

“蒙彼利埃？”司机的口气很诧异，“我们去蒙彼利埃做什么？”

“咦？我们不路过蒙彼利埃？那我们走哪条路？”“布波”很奇怪，“有更近的路到巴塞罗那吗？”

司机却更奇怪：

“巴塞罗那？谁要去巴塞罗那？”

“我们哪！”一车人叫起来。

司机不再说话，前方，几百米处，有一个服务区，他“嚓——”一声把汽车停在了那里。

“怎么回事，”他扭过了头，摆开了谈判的姿势，“去巴塞罗那？四天的时间，去巴塞罗那？不是开玩笑吧？”

车上的人，一下子都蒙住了。大家面面相觑，没有人听懂他在说什么，好像他说的是法兰西语。

“谁开玩笑？”辛小丸子第一个叫起来，“我们当然不是开玩笑，我们干吗花五百欧签一个合同买玩笑开啊？我们有那么幽默吗？”

一句话提醒了米小米，她忙从自己漂亮的双肩包里取出了那份两天前就签好的合同：他们是有证据的啊，她把那证据抖得哗哗响：

“合同在这儿，师傅，合同上写得清清楚楚，白纸黑字，时间：四天，地点：西班牙，这怎么会是开玩笑？”

“是啊是啊！”一车的人理直气壮地喊。

“Putain！”司机骂了一句法兰西语的娘，掏出了手机，开始打电话，“哈路，怎么搞的你们！他们怎么突然要去巴塞罗那？合同是怎么签的啊？啊？四天跑巴塞罗那，人还活不活了？什么？谁现在往西班牙跑，跑那儿去送死啊？我有病啊！”他义愤填膺地说出一大串，背对着他们，给他们一个坚不可摧的背影，只听他突然又换说了法语，斯密斯密的，说了一大通，他们自然是一个字也听不懂，他们几个人沉默地望着他穿黑皮衣的后背，感觉到从那里冒出来的危险的寒意，终于他又冲着电话说起了人话：

“什么？告诉他们什么？是西班牙——方向？哦，西班牙方向，是啊是啊，没错啊，让他们再看看合同？好好，那他们不答应怎么办？反正我丑话说头里，巴塞罗那那鬼地方，就是绑架我我也不去！谁爱去谁去！什么，哪个司机都不去？是啊是啊，谁会为几个小钱去送命！两个方案，要么，老路线，卢瓦尔河谷、布列塔尼，要么，我把人再原封不动拉回去，你们另请高明！”啪，合上了手机。

他转过身来。

“小姐，请你再好好看看合同，看看合同上‘白纸黑字’是怎么写的？”他语含讥诮地说。

不用了。米小米已经看过了。不错，白纸黑字，清清楚楚地写着：西班牙——方向，刚才，他冲着电话叫嚷时，米小米就看见了那个致命的错误，那个陷阱。她的脸白了，她的第一反应是想冲上去掐住那人的脖子，可是掐人家的脖子还不如掐自己的呢，还不如用两根手指戳瞎自己的眼睛呢！

“嗨，真他妈邪了！”只听辛小丸子第一个叫起来，“西班牙方向！真幽默耶，只要开出巴黎，朝南，走一公里都是西班牙——方向！咱们一帮靠玩儿字吃饭的人今天让汉字给玩儿了！”

“骗子！”玛达姆吴激动地用拳头捣着前边的椅背，“骗子，都是骗子！五百欧去西班牙还不知足啊？五百欧都能从北京飞一趟了！”

“就是就是！”一片呐喊助威声。

“说吧，”终于，米小米说话了，她一开口，别的声音就静了下来，“要多少钱，你才肯去巴塞罗那？”

司机讥诮地望着她。

她唰地拉开了时尚的双肩背包，从里面摸出她的钱夹，打开了，一样一样往外掏。

“这是二百欧，这还有一点美金，二百！这是一张VISA卡，上面还有五百多欧，我就这么多，全在这儿了，够不够？嗯？够不够？”

司机还是那样一动不动望着她。

“不够？”她笑了一声，站起来，朝前走了两步，她扫了一遍车厢里沉默的人，男人们，突然喊道，“你们谁买我？我卖！四个晚上！我拿我做抵押，换剩下的路费——”

一个人冲上去，抱住了她，把她搂在怀里，一把捂住了她的嘴。她搂着她就像一个母亲搂着一个受伤的孩子，她冲所有人叫道：

“下车！”她命令一样喊着，“都下车，你们！有话，下车说！”

突然间人们都变得很听话，包括威风凛凛的黑社会似的司机。人们被疯狂的米小米吓住了。第一个下车的人是司机，他绕过来默不作声拉开了车门，人们一个一个沉着脸鱼贯而出，车厢只剩下了那两个人：米小米和玛达姆潘。玛达姆潘拿开了捂在米小米嘴上的手，搂她坐下来，她心里充满了对这女孩儿的怜惜。她感到这女孩儿疯狂的发作中隐藏了一种奇怪的绝望。她搂着她，等她慢慢安静下来。果然，不一会儿，女孩儿眼里涌出来眼泪，她哭了。

她哭得很安静，没有声音，她用双手捂住了眼睛，泪水从指缝中钻出来，把她的手濡湿了。那是一双很漂亮的手，十指尖尖，指尖上覆盖着一枚一枚小小的圆润的桃花瓣。这不是那种宣泄的、愤怒的、任性的哭泣，这无声的哭泣中有一种真正的深刻的哀伤。潘红霞又一次感觉到了这个。

现在，他们又上路了，他们的“现代”，继续朝南行驶，朝着西班牙方向开着，只是永远不会真的到达那里。

车里很沉默。不过气氛渐渐缓和下来，没有了刚才的剑拔弩张。是啊，为什么非要去西班牙呢？去那个刚刚发生过大爆炸的危险之地，没准儿就会被“埃塔”劫持做了人质，没准儿在你喝咖啡的座位下面，基地组织刚好就安放了一颗定时炸弹。浪漫的前提是安全啊！至少辛小丸子这么想。何况，法兰西如此美丽的国度，不值得他们多逗留四天吗？卢瓦尔河谷、布列塔尼，不值得他们屈尊一游吗？难道卢瓦尔河谷是他们家的后院，一抬腿，说来就能来不成？

人有时候是需要一点阿Q精神的。辛小丸子想。

“布波”已经开始在地图上搜索和设计新的旅行路线了，地图上密密麻麻的小字让他头晕，他也受不了沉闷的气氛，于是他回头对杰米说道：

“嘿，杰米，我们去卢瓦尔河谷最该看什么？”

“当然是城堡啦！”杰米回答，“是酱紫，沿着一条卢瓦尔河，大大小小的城堡，有五百多个吔。”

“哇噻！”辛小丸子叫起来，“这么多？”

“有一个传说，是酱紫的，说有一个天使，背了一口袋宝石，沿着卢瓦尔河岸行走，口袋破了，他也不知道，结果一路走，一路撒，一粒宝石落在地上就变出一座城堡——这就是卢瓦尔河谷城堡的来历。”

“真的呀？

“当然是假的。”“布波”替杰米回答。

车厢里有了一点谨慎的笑声。

“王尔德说，卢瓦尔河是世界上最美妙的河流——”杰米继续说。

“那是吹牛！”辛小丸子不服气了，抢白道，“说‘之一’还差不多。”

“他就是这么说的—— 之一。”

这下人们都笑了。

“有一个城堡，叫昂布瓦斯堡，传说达·芬奇就安葬在这城的一座回廊里。”

“假的吧？”辛小丸子审慎地问道。

“不好意思，真的。”杰米谦虚地回答。

“去死！”辛小丸子高声笑骂一句。

“达·芬奇是法王弗朗西斯一世请来的客人，他把意大利文艺复兴思想带到了法国，他当时就住在昂布瓦斯郊外，设计了许多的东西，最著名的，是‘香堡’，香堡如今是卢瓦尔河畔最大的堡。当然他也设计了别的，比如，为弗朗西斯一世设计开舞会放的烟火。”

“真是个妖怪！”辛小丸子又叫起来，当然，“妖怪”在这里，可看作是“天才”的代名词，“不过也够会拍马屁的啊！”

“后来，昂布瓦斯堡就变成了一座监狱。”

“监狱？”

“对，冉阿让就关在这里。”

“胡说八道！”辛小丸子知道上当了。

这两个人，一来一往，不知道哪一句是真，哪一句是假，可是河流解冻了，有了波光，有了暖意。一车人，都加入到了这令人愉快的谈话之中，听杰米给他们描述那一条神奇又富饶的河流，描述更加神奇的布列塔尼。他讲凯尔特人，讲奇异的“竖石”，讲凯尔特人的自然崇拜，讲灵幻和巫术。他一边讲一边用他的后背感受着车厢的某一个角落，感受着那里的温度，可是他失望了。

这个固执的米小米啊。

西班牙莫非就这么重要吗？

车到奥尔良了。

司机开始履行他导游的职责，他轻车熟路地把车停在了圣克罗伊教堂前边，然后告诉他们一会儿集合的地点就去泊车。他们仰头望着这座高大宏伟的哥特式建筑，杰米告诉他们，说普鲁斯特认为这是全法国最丑的一个建筑。就在这时辛小丸子惊叫起来：

“嗨，米小米——”

奥尔良的蓝天白云下面，米小米背着她的双肩背包，顶着非常凛冽的风，朝远处走去。一群人傻了，突然杰米撒开腿就追，接着是“布波”，接着是他们所有的人。玛达姆潘落在了最后，寒风和奔跑让她的脸白极了，等她跑到那里，已经被风顶得说不出话。

“米小米你要去哪儿？”“布波”拦在她前面质问。

“西班牙。”米小米回答，“我坐飞机去。”

“米小米，太不够意思了吧？”辛小丸子气喘吁吁地跺着脚大叫，“你是我们的团长，想丢下我们不管啦？太可恶了！”

“你看你米小米，怎么这么任性啊？”玛达姆吴说。

“米小米，”“布波”脸色变得很严肃，“你想一想，我们可能放你一个人去那么危险的地方吗？”

“是啊，你一句西班牙语不会说，英语也不行，你怎么去？”玛达姆吴又说。

“酱紫好啦，”杰米说话了，“我陪你去，去巴塞罗那。”

“你少添乱！”“布波”严厉地呵斥了一声，“要去，都去！要不去，都不去！谁也不准自由行动！”一眨眼工夫“布波”就从米小米手里“篡夺”了领导权。

“行啊，那咱们就都去！”辛小丸子说话了，“咱们大家陪你飞一遭，大不了，让‘埃塔’劫去做一回人质，大不了，碰到颗‘基地组织’的炸弹，大家一起玩儿完！有什么了不起？行前每人写一份遗嘱，寄回家去，免得身后有什么交割不清的事！”

说完，她瞪着米小米，米小米也瞪着她，两人怒目相向，突然间就都笑了。

米小米，你不能这么自私啊！她想。

米小米，人生到处都有遗憾啊！她想。

这一天，他们玩到很晚，才找到一家小旅馆投宿。那是一家地道的乡村小旅馆，远离城市，在一条公路的边上。四周一片漆黑，只有这里，亮着一小团温暖的灯光。那里有热气腾腾的食物，还有家酿的香醇的葡萄酒。拐进去，稍远些的山坡上，则是供客人投宿的旅舍——整洁，干净，枕头松软雪白。客店主人拎着一串叮当作响的钥匙，为他们带路，一条大狗跟在他身后，兴奋地跑前跑后，忙作一团。

那一夜，他们在有着烛光和真正乡村情调的饭馆里，吃了地道的卢瓦尔河谷地的美食：红酒炖鳗鱼、梅脯煎猪肉、羊酪、焦糖苹果塔和一种叫“慕斯卡岱”的清爽的白葡萄酒。人人都很快活。快活到完全可以拿“本来要去巴塞罗那”这话题开玩笑。卢瓦尔河在他们看不见的近处，流淌着，在星空下面，流过广阔的田野，流过葡萄园、森林和古老的狩猎场，流向浩瀚的大西洋。他们喝着慕斯卡岱渐渐有了醉意。慕斯卡岱使他们和司机师傅也一笑泯恩仇：出门在外讨生活的同胞，不容易啊！司机也借着酒意给他们讲黄段子，俨然就是“海内存知己”的哥们儿了。

“师傅，”辛小丸子仰起艳若桃花的脸，“你是怎么来法国的呀？”

“我呀？”司机笑了一笑，“偷渡。”

他尽管是坐着，可还是高大的，像小山丘一样结实。黑面皮，四方大脸，头上永远扣一顶有长舌头的阿迪达斯棒球帽，握酒杯的右手，无名指明显地缺了一截手指头。

“哇噻！真酷！”辛小丸子喊。

“给你们猜一个谜语，”他显然是想岔开话题，“五百个裸体男人，打一体育项目。”

“什么？”

“铅（千）球。”他说。

“呸呸呸！”玛达姆吴笑着皱起眉头。

“那可不一定，”米小米把酒杯举在脸前慢慢旋转，欣赏着它清冽漂亮的颜色，“要是有个人短个蛋呢？”

从一个“美眉”嘴里，说出这么粗鲁的荤话，有些始料不及。一桌人怔了一怔。司机却不动声色，他抓过酒瓶，慢慢地，朝杯子里斟酒，按中国习惯斟得几乎要溢出杯口，他端着这酒站起来，“米小姐，能不能赏脸，干一杯？”

米小米就坐着，却二话不说把杯子里的酒一饮而尽，朝他亮了亮杯底。

“好！”他点点头，一仰脖子把自己的一杯酒咕咚咕咚灌下去，也亮了亮杯底，一抹嘴，说道：

“米小姐，我送你一句话——退一步海阔天空。”

米小米眯细了眼睛，烛光摇曳着，人的脸也在摇曳，一切，鲜艳的水果、狼藉的杯盏、有着乡村风格的结实的餐桌、墙壁，摇曳着，虚幻，假，而且，正在像夜航的船一样离她远去。生活像灯火辉煌的巨轮一样在黑夜中离她远去。

她也学着他的样，斟了一满杯慕斯卡岱，站起来，豪迈地喝干了，一抹嘴，笑了笑，说：

“我也送你一句话——别跟要死的人讲哲学。”

说完，她就离开了餐桌，脚步不稳地走了出去。

他们听见院子里的狗吠了两声。

二、恶魔吹着笛子来

潘红霞在三月的寒风中走出医院的时候，脚步像踩着云朵，没有声音，轻飘飘，很虚假，飞翔一般，她突然笑了一笑，在天堂里走路大概就是这个样子吧？

医生是个女的，女医生问她：“你老公没和你一起来吗？”

“没有。”她回答。

这个“没有”，是彻底的没有。潘红霞没有“老公”。假如她年轻十岁，你可以把她这样的女人称作“单身贵族”，但现在这个称呼对她而言已显得不合时宜和青春。她是一个离异的女人，多年前，有过一段极其短暂的婚史，那次婚姻甚至没能给她一个孩子，所以，几乎没留下任何痕迹：很多人（比如她的学生们）都以为她从没结过婚呢！她似乎一直很安于这种一个人的生活，在她身上，你一点也看不出通常处在她这种境遇中的女人弃妇似的表情，她一点不怨天尤人，生活得很光明，甚至，很响亮。

学生们常常在背后猜测她，学生们说：“潘老师为什么不结婚？”假如，她特别丑陋，或者，她倾国倾城，再或者，她性格古怪，答案都不算难找，问题是，她只不过是一个平常人，既没有异常的容貌，也没有异常的禀赋和习性，天生就是一个过平常日子的女人。她蜜蜡一样光洁的大脸盘，健康、明朗、饱满，宽宽的胯骨，胸部跳荡得像肥鸽，笑起来阳光灿烂，要是让她敞开了生，她一定是七个八个孩子的母亲。这样的女人不结婚真是暴殄天物啊。

当然她不是美女，可他们都觉得她好看，是那种热带植物一样的好，脸盆似的大花朵，热气腾腾，一点不娇羞。这让他们想起高更笔下的女人，太平洋岛屿上鲜艳的土著妇女，他们喜欢她的大气和坦荡。不像有些人受了生活的打击就把那点事都写在了脸上。她当然应该是受过打击的，他们想，那一代人嘛，大时代嘛！有点打击很正常。可是什么样的打击或者说什么“独特”的打击，最终让她成为一个放弃婚姻的独身女人的？

他们的学校，几年前，和李提摩太创办的学校，合并了。她成为合并后第一批“博导”中的一个。这些年，她作“当代文学”教学和研究颇有一些成绩。在他们那个小地方，“博导”本来就少，“女博导”就更少，而独身的“女博导”，不是妖怪又是什么？

她也不住在学校的家属区，当然，从前，还分配住房时，一个独身女人是绝对不会在分配名单之列的，那纯粹是传说中“天上掉馅饼”的梦想。再后来，购买热门的“福利房”，她仍旧不具备和人家有家有室的人竞争的实力。许多年，她住在集体宿舍的筒子楼里，阴暗、杂乱。夏天，在公共盥洗室里冲凉。一年四季，在楼道里支煤气罐做饭。筒子楼里的人，出来进去，总有一些晦暗的气息被他们携带在身上，甚至，浸润到了身体深处，像扩散的癌细胞。可是非常奇怪，她却奇迹般地明朗着，晦暗永远不过是洒在她身上的露水，太阳一照，就化作了青烟袅袅而去。

买下河边这套小公寓，也只不过是四年前的事，那时，穿城而过的这条河，这条从寒冷的北部山区一路流来的河流，几乎干涸了。它命若游丝地苟延残喘，这城市所有的阴沟暗道，日以继夜地，朝从前的河床里排放着工业和生活的污水。它臭气熏天，杂草丛生，成了蛇鼠的乐园。于是，人们开始疏浚它，治理它，在它的河底及河床两侧浇上水泥，使它成为一条水泥的河道，再从上游水库引来河水，于是，它就成了一条长达数公里的蓄水沟。

竣工放水那天，这城市，就像过节。人们都拥来看水。水滚滚而来，挟带着飞沙走石，溅起白色的泡沫。那一刻是有些惊心动魄的。那一刻这城市有一点动容。可是，这当然不是一条真正的河流，它只是模拟着从前那条河流的形状，却永不会流淌。

可即使如此，河两岸的房价，却一路飙升。潘红霞几乎是在最贵的时候买下了这两房一厅的小单元。人们都说她，亏了亏了，这价钱，在有些很不错的地段，够买三房两厅的了。潘红霞自己倒是心甘情愿，不为别的，只为了，在这里，在这二十二层的高处，站在阳台上，或者，推开任何一扇向西的窗户，都可以看见她的河。

现在，她离河是这么近，离往事是这么近。

没有坝堰了，也没有了菜地农田，一切，早已面目全非。现在河两岸是一个开放式的公园。到处是草坪，这样的草坪在世界上任何一个城市都可以看到。还有年轻的树和花木，不知道还要多少年，那些年轻幼稚的小树们才能蔚然成林。现在，她几乎还分辨不出它们都是些什么树，只知道，在春天，它们有的开花，有的不开花。当然，和所有的城市公园一样，河两岸，一定有许多的人工景点，比如，草坪中，一个胖孩子在踢球的雕塑，或者，一个什么动物之类。还有一个渡口，倒是设计得很有一点萧瑟的古意，木杆上高挑着清幽的纸灯笼。只是，站在这样的渡口，永远等不来渡船。

有时她会沿着这河，朝南走，从黄昏走到夜幕升起。灯一下子就亮起来，千盏万盏，路灯、桥灯、草坪里一盏一盏蘑菇灯、树上的串串彩灯，真璀璨啊。那一刻这城市也是有些动容的。这种时刻她就有些鼻酸，她使劲嗅着河水，可是这河水一点也没有腥气。新鲜的河水的腥气，是多么好闻啊。

她刚搬进这新居时，学生们来给她“暖房”，这是这城市的风俗。来了好几个人，都是她的研究生，已经毕业和没毕业的。他们带来了鲜花、水果和酒。那天她做了许多好吃的，炸了虾排、拌了蔬菜沙拉、炒了黑椒牛柳、蒸了鳜鱼，还煲了满满一砂锅口蘑鸡汤。她打开了他们带来的红酒，长城干红，也是她喜欢的。美酒佳肴，让年轻人心生感慨，借着酒意，一个她最喜欢的学生突然问了一句：

“潘老师，您为什么不结婚？”

她笑了，也是因为酒，她说了一句平时不会出口的话，她回答说：

“因为，我想嫁的人，娶了别人。”

“就这？”他们喊叫起来，“那还不简单？把他抢过来呀！”

那一刻她几乎有点妒忌他们，一切就那么明了：丛林法则。这是这时代的教义。一切都丧失了美感。

其实，这许多年，特别是母亲还在世的那些年，她并不是没有做过努力：放弃的努力，走进人群的努力。把该埋藏的藏起来，去寻找一个活人，寻找一个有血肉有暖意的人，和他共同生活。她“努力”了，可是不行，那努力最终以失败告终。我们也知道她必将失败。她是一个不会妥协的人，爱一个幻影，为爱而坚守，就是她的宗教。

她是一个信者。

对她来说，信，是容易的，也是自然的，而放弃，才是生不如死。

母亲在世的最后两年，患上了焦虑症，只要见她面，就总是向她描述她将会有怎样凄凉的未来：老、病、身边没有一个亲人。“连水也没人给你倒一口！”母亲还把她所能看到的那些八卦小报上诸如此类的消息，比如，什么什么国家，什么什么地方，有个老人，死在自己的公寓里，一个月后，尸体才被人发现，等等，都裁剪下来，保存着，作为警世恒言好给她当头棒喝。母亲一想起这不让人省心的女儿有一天会死得这么惨就哭泣，死了，生了蛆都没人知道啊！

母亲常常叫着外孙女也就是潘红霞大姐孩子的名字，说：“飞飞呀，将来，你可不能不管你小姨呀！”

飞飞就回答：“姥姥，你都说N遍了！”

母亲却穷追不舍：“飞飞呀，你要保证啊！”

飞飞就说：“我保证不让我小姨一个人死在屋子里，就是死在屋子里，我也保证第二天就发现，行了吧？”

就像做游戏。

母亲最后的时刻，弥留之际，一手拉着潘红霞，一手拉着飞飞，一生中最后一次对她的孩子说：

“飞飞，你要保证啊！”

飞飞哭了。

现在，母亲的遗像，和父亲的遗像一起，就挂在潘红霞卧室的墙上：这世界上从此再也没有一个会为她结婚或者不结婚这种事睡不着觉的人了。

飞飞有时会来看她，但是飞飞很忙，她考上了一家名牌高中，今天参加奥数竞赛，明天参加英语竞赛，还要抽暇练钢琴：准备过十级的考试，真是比国家总理朱镕基还忙。飞飞其实倒是挺欣赏小姨，觉得她一个人活着，挺酷。

“你有没有情人？”有一次飞飞这样问她。

潘红霞早已习惯了飞飞的说话方式，所以她一点也不奇怪。

“没有。”她很老实地回答。

“小姨，”飞飞直视着她的眼睛，“你是不是一个‘同志’？”

这下潘红霞大吃一惊，也太成熟了吧？熟得都要从树枝上坠落下来了。

“绝对不是，”潘红霞一字一顿，“我有喜欢的人——是男人。”

“谁？”

“这我不能告诉你。”

“我知道了，”飞飞说，“一定是个有妇之夫。”

“你不知道，”潘红霞回答，“不是你想的那样。”

那一刻潘红霞突然有一种倾诉的欲望，非常强烈，她望着飞飞娇嫩的、茸毛还没褪尽的小脸，还是个青涩的小毛桃呢！泪水涌出了她的眼睛，她知道飞飞听不懂上世纪的语言。

飞飞，爱，就是全心全意。

飞飞，爱一个人，就是，坠入深渊，永不超生。

潘红霞很爱飞飞。

姐姐结婚很早，可是孩子却要得比较晚。她一结婚就考上了“电大”，四年读下来，恰巧又有一个去北京进修读一个什么研究生班的机会，那是一个文凭的时代，一切，都靠文凭说话。姐姐又是一个很有功名心的人，她根本没有征求姐夫的意见只是“照会”了他一声，就跑到北京去读书了。

这样，飞飞到来时，姐姐已是一个三十二岁的“高龄产妇”。

假如，潘红霞和姐姐站在一起，几乎没有任何人相信她们是同胞姐妹。简直太不像了！三十二岁的姐姐，看起来，仍旧是一个幼女的样子，细细的胳膊，细细的小腿，皮肤接近透明，骨盆窄得根本就不适合一个胎儿起居。果然，分娩那天，羊水都快流光了，可是飞飞坚决不肯到那个拥挤的骨盆里去，没办法，只好推上手术台，做了剖腹产。

那时潘红霞已经毕业留校两年多了，一个人，没有牵挂，又正好赶上暑假，于是，伺候产妇坐月子的事，就落在了她头上。她看见飞飞的第一眼就爱上了她，红红的小东西，啃着小拳头，睡得很香。可是这小东西只计划在白天睡觉，好养足精神到夜晚和她们捣蛋。夜深人静，她拼足力气哭叫，把一张小脸憋成紫颜色，愤怒得不得了：原来她是想散步！那就散步吧。潘红霞就夜夜抱着这小东西“散步”，十五平米的小屋，从这头，到那头，从那头，到这头，嘴里哼着那首著名的摇篮曲：

睡吧睡吧，我亲爱的宝贝，

妈妈的双手轻轻摇着你……

可是她都把房间里的地毯踩出一条“马克思小道”了，她亲爱的宝贝却仍旧大睁着一双哲人似的眼睛，严峻地与她对视。

原来，婴儿的脸上，有一种沉思和严峻的表情啊，她很惊异，然后，就有种巨大的、新鲜的感动如同春水一样淹没了她，温暖、激荡。她在心里问着那个孩子：“你在想什么呢？”

姐姐看不过去了，姐姐说：“把她放小床里吧，哭就让她哭，小孩子是不能惯毛病的。”

这话让她愤怒。

“你懂什么？”她冲着那个母亲喊叫，“她有她的道理，你懂不懂？”

姐姐觉得这人简直不可理喻，

“好好好！你就抱吧，累死你！”

再大一点，飞飞习惯了把小姨想象成很多种东西，比如她说：“坐木马。”潘红霞就变成了旋转木马，驮着她，一高一低，上下起伏，转着圈，嘴里还有音乐伴奏：“我有一头小毛驴，我从来也不骑，有一天我赶着它一起去赶集……”她要是说：“老虎上山。”那潘红霞就变成了一座山，弯下腰，任那小老虎在她背上、身上，爬上爬下。她还是录音机、故事大王、木偶戏编导兼演员、钱包、避难所，以及飞飞的手和脚。四岁以前，只要小姨在，飞飞的手和脚基本就没有用处。飞飞说：“妈妈我要橡皮泥。”妈妈说：“飞飞自己拿。”话音没落小姨已经跑着去拿来了。妈妈说：“飞飞自己把积木收起来。”小姨说：“我来我来！”三下五除二就收好了。大家一起上街玩，飞飞说：“妈妈抱。”妈妈教育道：“好孩子自己走。”可是小姨根本不允许飞飞做好孩子，她朝飞飞面前一蹲，飞飞就小猴子一样蹿到了她的背上。小姨的背好宽阔啊！

姐姐很无奈，说：“潘红霞，你这样让我们怎么教育孩子？”

潘红霞回答说：“少来！”

她极其厌恶那一套关于教育孩子的理论：那是一个将神奇的不可知的生命奇迹一点一点改造和格式化的过程，是一个解构奇迹的过程，解构奇迹，使它最终能被“人群”解读。生而为人，谁又能逃脱得了这可悲的宿命？潘红霞当然知道这个，那是她不能阻挡的，她只是、只是想尽最大可能延缓那最后结局的到来，她只是、只是想尽最大可能为这个她爱的孩子保留一点奇迹性。

飞飞六七个月大的时候，特别喜欢他们家的一幅花窗帘，那是一块色彩极其艳丽的花布，玫瑰红为底色，上面有着梵高风格的向日葵图案。飞飞对这窗帘非常痴迷。当风从敞开的窗子里涌入，将窗帘吹得如同仙袂一样鼓荡的时候，飞飞就冲着那窗帘，粲然一笑，然后就伸开双臂，从抱她的人怀里，探出她的小身子，试图纵情一跃，扑入花窗帘的怀中。她仰着迷人的笑脸，多少次，想扑入花窗帘鲜艳的怀抱。每一次，她都很失望，她挥舞着小胳膊，咿咿呀呀地叫着，用神的语言和花窗帘说话，说服它，乞求它，最后她就难过地哭了。

她妈妈说：“噢噢，傻孩子呀，傻飞飞呀，那是一块花布，懂吗？花布怎么能爱飞飞抱飞飞呢？”

可是这情景，每一次，都让潘红霞深深感动。她想，孩子她看见了什么？她一定看见了我们所看不见的、被世界遗忘的东西。

咿咿呀呀的飞飞，说着神的语言的飞飞，一天一天，长大了，学会了人的语言，忘记了神的语言——这就是成长的代价。

潘红霞姐姐对潘红霞的评价很干脆，只有两个字：有病！她觉得妹妹的一切都是病态的、畸形的。所以她独身，所以她病态地去爱一个孩子。

飞飞对小姨很亲，而且，信赖。这信赖和亲爱的程度都让她妈妈妒忌。飞飞十二岁那年，她的一篇作文被老师推荐登到了《小学生之友》杂志上，拿到了三元钱。那当然是飞飞第一次挣钱。全家人逗她，问她这钱怎么花，她不说。她拿这三元钱去花店买了一枝玫瑰，送给了小姨——因为那天是二月十四日，圣瓦伦丁节，情人节。

还附着一张小卡片，上面写着：我永远爱你。

潘红霞为这玫瑰和誓言，流了一夜的眼泪。

二〇〇一年，新世纪第一个新年前夕，潘红霞收到了一份特别的礼物：一封信，是飞飞写给她的，飞飞这样写道：

小姨：

新世纪到来了，我想送一份特别的礼物给你。我想给你讲一个故事，是关于爱情，别嘲笑，故事中的女主角是——我……

潘红霞没有嘲笑。她怀着感动读完了一个十六岁小少女“初恋”的故事。她知道那是关于爱情的幻想，可是仍然有着稚嫩却尖锐的疼痛。飞飞告诉她这是一个“过去时”的故事，他们结束了。她，和一个她爱的男孩儿。可是疼痛没有过去，她仍然想念他，为了抑制这想念她把自己的小胳膊咬出了一个一个血牙印。她说：“想念，真是折磨人啊！”看到这里，潘红霞眼睛涌出了泪水——她太知道那是一种什么样的折磨。

所有的人都告诉我，这一切会过去。我也知道它会成为过去，可是，小姨，这“成为”需要多长时间呢？需要多少天、多少小时、多少分、多少秒？这是没有任何人能告诉你的啊……

但是过去了。现在飞飞不再忧伤。她在熬过了三年高中魔鬼生涯之后，考进了南方一所大学。其实，在高中的最后日子里，飞飞就已经“过去”了，活了过来。她一边忙着准备高考一边开始和班里另一个男孩子“好”。她偶尔来小姨这里坐坐，忍不住会讲起她的恋爱。那是一个特幽默特有趣的男孩子，“典故”很多，飞飞讲得眉飞色舞。有一天潘红霞终于忍不住问飞飞说：“那个人呢？从前那个，他现在在哪儿？你还想他吗？”

飞飞做了一个很戏剧性的动作，她拉过了小姨的一只手，把它放在自己胸前，胸口，心脏那个部位。

“他在这儿，”飞飞回答，“这一生，他都会在这儿，我把他永远收藏起来了。”

收藏起来，就像收藏一件古董和珍宝，然后，好好生活，享受生活的一切快乐。是啊，这多么好！多么合情合理和健康！潘红霞几乎是在妒忌飞飞了，妒忌她能够爱得这么平凡。

从飞飞那里她知道了有一种药叫“毓婷”，知道了什么是“药物人流”。“我们班谁谁谁吃‘毓婷’了。”飞飞这样告诉她，就像从前的孩子告诉大人谁谁谁吃了打虫药一样面不改色。终于有一天飞飞自己也去买“敏婷”了，她说出这事时把潘红霞吓出一身冷汗。不过她不是为自己买的，是为她最好的朋友，她的“死党”。他们几个死党特侠义特江湖地一起为朋友打胎。还真让他们给打下来了！还真让他们平安无事地打下来了！事后潘红霞才知道药物打胎是必须在医院做二十四小时监护的，是必须在医生的帮助和指导下才能完成的，因为它有诸多危险因素，比如，可能导致致命的大出血，等等。这几个胆大包天不要命的孩子啊！潘红霞一把搂住了飞飞，抱住了她，说：

“飞飞飞飞，你要向我保证，以后，绝不再发生这样的事，以后，不管你遇到什么样的难题，不管你在哪儿，你都要来找我，听到了吗？”

飞飞后来给潘红霞讲了她朋友的故事，讲她朋友的恋爱史——那真称得上是“史”，因为她从十三岁第一次“失恋”之后，就一个接一个地换男朋友。但是飞飞说她很纯洁。“你不能认为她男朋友多还打胎就认为她不纯洁，”飞飞说，“她只是比别人更爱男人。”

这个爱男人的女孩儿，为她失去的这团血肉，起了一个名字，叫“无过”，很像金庸小说中一个人物的名字。她叫它“小无过”，在失去它的第三天，这个小母亲给小无过写了一封信，她这样称呼它：“小无过，我亲爱的孩子，我的骨肉！”然后，在十字路口，把它烧掉了。

这封信就这样化为灰烟寄到了冥间，寄给了那个还没成形的鬼魂。

三月里的一天，潘红霞去邮局，是为了给在南方读大学的飞飞寄一本书。一件可有可无的小事，因为，那书并不重要，可是她去了。太阳很好，初春的北方，难得有那么暖和的太阳，一出门她就闻到了刚刚融化的河的气味，大概她走神了，所以，她没有看见那辆突然从楼群里冲出的摩托。

她被撞倒了。

骑摩托的小伙子，梳着马尾巴，在早春三月勇敢地穿着一条膝盖露肉的破牛仔裤。他没有逃逸，他说阿姨我送你去医院。潘红霞试着站起来，还好，腿没问题，她晃晃脖子，头也没问题。她看看那“马尾巴”，嘴唇上毛茸茸一道淡淡的小胡子，这让她想起了飞飞，她说：“没事儿，你走吧。”

她放走了“肇事者”。

他还是留下了他的手机号码，他说：

“阿姨，万一有事，你打电话通知我。”

她笑了。

夜里觉得右臂很疼，爬起来，吃了芬必得，药劲过去后依然疼着。第二天，上午刚好没课，她想起了去医院。

拍了片子，骨头没事，只是软组织挫伤。

但是大夫在她的腋下部位摸了很久，然后，建议她去妇科。事情就因为这偶然的撞击开始了。

十天之后，她拿到了那结论，那判决。女医生问她：“你老公没和你一起来吗？”她说：“没有。”

那结论是：乳腺癌，晚期，而且，扩散转移到了肺。

有几秒钟也许更长，她眼前起了雾，什么也看不清楚，女医生的脸，还有，诊断书，那上面的字迹，那些隐藏着暗语的符号，一切，都被这白色的大雾笼罩，虚幻、轻飘、不真实，像默片时代中一个电影镜头。

那是一个有风的上午，风把天空刮得很晴朗，也很冷。她轻飘飘虚幻地走出了医院的大门，突然笑了，她想，在天堂里走路大概就是这个样子吧？

她忘记了打车，只是朝前走，走了很久，忽然发现那是和她的家背道而驰的方向，那是一个南辕北辙的方向。她又掉头，再往回走，路边有家书店，她不知道怎么就走进了书店里。有人拦住了她，说："女士请存包。"她愣了半晌没有听清楚。那人又说了一遍，指指她身上的包，又指指前台，她明白了，"噢"了一声，心里清醒了一些。她把包存了，包里，有那个致命的诊断——要是能把它丢了就好了，她突然闪过了这么一个孩子气的念头，要是能把它弄丢让它消失多好啊！

她又笑了笑。

她在一排排书架前浏览着，徘徊着，翻翻这本，又翻翻那本，可其实她什么也没有看见，直到那几个字跳出来，强人一样，挡了她的道，她愣了一下，看清了那几个字是：

恶魔吹着笛子来。

它们面目狰狞地，蛮横地，挡在了她面前，沉默不语。刹那间她明白了一件事：她看见了命运。对了，这就是命运，命运向她显了形，命运在此刻就是这样一个可知可感可以识别的形状，就是这几个汉字：恶魔吹着笛子来。

她伸手拿起了那书。一本极普通的书，一本日本推理小说，是一套中的某一本，《金田一探案集》之几，作者是横沟正史。关于这个金田一，她其实是知道的，不仅知道他，还知道他的孙子——金田一一。金田一一是飞飞小时候特别崇拜的一个人物，在假期里，有许多个夜晚，潘红霞是和这个聪明盖世的“金田一一”一起度过的。飞飞讲，她听。这个金田一一，当然不是一个生活中真实的人物，他来自孩子们喜爱的日本漫画。潘红霞就是从金田一一那里听说了他的爷爷，在日本大名鼎鼎的神探金田一耕助。

是横沟正史创造了他，带他来这个世界，其貌不扬，穿着奇怪的和服，头发像鸟巢，说话结结巴巴，可是却如天神一样聪明，无往而不胜。

却仍旧会死。

所以才有了金田一一。

她买下了这书。这吹笛子的恶魔，这吹奏死亡之曲的恶魔。她把它装进了书包里，和那个诊断书，放在了一起，它们在一起真是珠联璧合啊，她想。

后来她就坐进了一家咖啡馆，是全中国到处都能看到的“上岛咖啡”。她随便点了一点吃的，就把自己埋进了一只舒适的大沙发里，力气就是在这时使尽了，一股热流突然之间涌上来，涌出眼眶，她哭了。

妈，妈妈，现在你不用再为我的晚年担心了，我永远不会活到你想象的那么老。

到最后的日子，会不会很疼？

疼，其实比死更真实，她想。

她没有告诉任何人这不好的消息。她照样上课，工作，新学年伊始，事情很多，她要给“大四”的本科生上课，她还要为两个研究生辅导论文，另外，在三月末，她还要去法国参加一个文化活动。

所以她又去了女医生那里，现在，她们面对面坐着，她明显地看出了女医生眼睛里怜悯的表情。

对话很简洁。

“晚期，扩散，是不是就是说，没有治疗的意义了？”她这么问，开门见山。

“没有临床上的意义，有心理的意义。”

“那么，告诉我，”她很冷静，“我还有多少时间？”

“运气好的话，可以坚持——三两个月，也许，更久。”

她微笑了，她喜欢这女医生说话的方式，运气，这可不是医生的语言，科学的语言，科学的说法应该是：个体差异。

“为什么我没有感觉？”

“大概——快了。”

“到时候，有减轻痛苦的办法吗？”

女医生低下头，在处方笺上刷刷刷写下一行一行“拉丁文”，深奥、神秘，隐藏着不为凡人所知的奥秘玄机，或许是，救赎的玄机。女医生把处方笺递给了潘红霞，

“按时服药，”她说，“应该会有帮助。”

“谢谢。”

“还有，”她又说，“你随时可以来住院。”

潘红霞笑笑。她可不愿意把一生中最后的三个月、两个月，或者更短——一个月的时光，珍贵的时光，自由的时光，交给牢狱般的医院，交给那些折磨人、夺去人尊严的各种医疗器械，她不能想象自己身上插满形形色色的管子，靠呼吸机呼吸、靠吸痰机吸去体内的积液、靠导尿管排尿，像一堆没有羞耻感的肉一样任人摆布，那真是太恐怖了。

她想死得天然一些。

她又坐在了“上岛咖啡”里，现在她很喜欢闻那里咖啡的浓香。当然“星巴克”要更为有名一些，可这个城市还没有星巴克。为此这城市的小资男女很是不满，他们说：“多么闭塞啊！”所以他们走进“上岛”时常常会有一种屈尊的表情。潘红霞不知道“马

尾巴”会不会也这样，她吃不准。她更吃不准自己这举动是不是弱智，她在清理东西时发现了当初“马尾巴”留下的手机号码，于是，就心血来潮联络了他。

“马尾巴”来了。一个人，跟在穿短裙的女招待后边，神色紧张。仍旧是T恤衫，牛仔裤，不过膝盖上没有破洞，看上去脏兮兮的，可潘红霞知道那是时尚。

“阿姨，”他不安甚至是警惕地坐在了潘红霞对面，“阿姨是不是有什么问题？”

“没有。”潘红霞笑了，“我是想对你说，谢谢。”

“谢我？”他大惑不解，“谢我什么？”

“谢谢你撞了我。”潘红霞回答。

眼前这女人，很温暖，很光明，不像是在玩弄什么讹诈的阴谋诡计，也不像是一个疯子。可她的话，多么没头没脑又多么古怪！“马尾巴”惊异地瞪着对面这语气温柔的神秘女人。

“还谢谢你能来。”她又说。

“阿姨，我都听糊涂了。”他老老实实回答。

“先说喝点什么吧，”她说，“你喜欢什么？”

“摩卡。”他随口回答，显然心不在咖啡上面，他看她也点了喝的，卡布奇诺，也是没什么创意的。但是他显然不像刚进来时那么紧张。似有若无的背景音乐，播的是一支比较老派的歌，至少有十年以上的历史，旋律单纯而平庸，假如是在午后，它可以让人昏昏欲睡。

“我可以抽烟吗？”他已经掏出烟来，准备点火时忽然想起应该礼貌一下。

“最好别，”潘红霞回答，“我的肺不好，长了东西，是癌。”

“哦。”他应了一声，把烟又收回去。突然醒悟过来，嘴一下子张成了O形，“您说什么？我没听错吧？”

“大概没有。”潘红霞笑笑，她就这么轻而易举地把这生死的秘密告诉了一个年轻的陌生人，一个毫不相干的人，“我就是为这个向你道谢，假如你不撞我那一下，我不会去医院检查。”

“那，你为什么还在这儿？你应该在医院里才对，你应该动手术！”“马尾巴”叫起来。

潘红霞双手捧着咖啡杯，像捧着手炉取暖一样，可她的样子，哪里像一个病人？那么饱满的一张大脸，一张农妇般的大脸，这是“马尾巴”对这女人的最初印象：这样的女人一般来说都会安全而平庸地度过她们的一生。

“不能动了，”她回答，语气沉静而安详，“来不及了。”

“那你还谢我什么？”“马尾巴”很诧异。

“这么说吧，假如这是在电视剧里，我就会说，谢谢你为我争取了时间，让我在还没有动不了的时候，在最后的自由的时候，做我想做的事——就当你是在看电视连续剧吧。”

“马尾巴”开始对这个女人有了兴趣。他笑了，

"可我从来也不看电视剧，还是让我们回到生活里——您谢我什么？"

潘红霞笑了。

"谢你，是个借口。你让我想起我的外甥女，你们年纪看来差不多，她在外地上学，在南方，我非常想她，特别是在这种时候……"她垂下眼睛，啜了一口咖啡，鲜奶油的泡沫沾到了她唇上，"她特别喜欢卡布奇诺。"

"您自己没孩子吗？""马尾巴"很好奇。

"她就是我的孩子。"

"懂了。""马尾巴"回答。其实他不懂。这个女人的一切，他并不懂。可是她让他感动。而且，他感觉到了她是孤独的：她是在寻找一个倾听者。

"您刚才说，假如，在电视剧里，剧中人就会回答，谢谢你为我争取了最后的时间，好让我去做我想做的事——假如您就是剧中人，您现在，最想去做什么？"

"见一个人。"她脱口而出。

她的眼睛，慢慢地，变得湿润而蒙眬，"马尾巴"惊讶地发现它们原来是那么美，像神灵的美目！它有一种超越尘世的皎洁和深邃，对了，就是这个词。那些时尚的眼睛，美眉的眼睛，和它相比，顿时都变得平淡无奇。它让人震撼。

不用说，这一定与爱情有关，古老的爱情，上世纪的爱情。

三、我再也找不到你

潘红霞其实见过他一面。

他们从高原上回来探亲、度假。是老余告诉了她这消息。老余一直忠实地履行着毕业时的承诺，自告奋勇担负着“同学会”秘书长的职责。他被奇怪地分配到一家财贸类专科学校，担任公共课教学，有的是大把的时间供他挥霍。闲着也是闲着，于是他就开始在同学之间穿梭，久而久之，他就变成了一只“大蜘蛛”，结成了一面四通八达的网络。

一九八五年，电话还没有普及到家家户户，除了单位，很少有人家里安装这象征身份的东西。所以那天，老余是骑着自行车来学校筒子楼里找她的。她从图书馆回到住处，看到老余正百无聊赖地在楼门前等着她归来。

“他们回来啦。”老余一见她就这么说。

“谁？”她问，“哪个他们？”

"小玲珑啊！"

他没有说，刘思扬。可那是他。有几分钟潘红霞觉得自己飘，没有了重量。她看着老余的嘴，一张一合，一张一合，却没有声音。老余没有声音地传递着关于他的消息。后来老余不说了，老余住了嘴，奇怪地盯着她看，问道：

"潘红霞，你没听我说话呀？"

她醒过神来。

"有点儿头晕。"她说。

后来他们就来到校门外一家小饭店，叫"胡家拉面馆"，正是中午的饭点，可是人并不多，大概是因为正在暑假里。他们一人叫了一碗拉面，点了几个凉菜，潘红霞为老余要了冰镇啤酒，他们喝着。老余看到血色慢慢回到了对面那个女人的脸上。

"他们现在在哪儿？省城吗？"潘红霞问。

"不。"老余说出了一个小城的名字，那是小玲珑的家乡。

三年了，很少听到他们的消息，也从没有接到过他们的来信。只知道，小玲珑被分配到了拉萨的一所学校，而刘思扬则分到了一个文化单位。三年来刘思扬很沉寂，没有再看到他写出什么东西，他似乎从文坛上消失了。这三年，无数个文学新星像雨后的蘑菇，这里一朵，那里一朵地拱出来，"刘思扬"这三个字已经失去了它最初的光芒，成为"过去"的象征了。

老余说他们先到北京，然后，从北京经大同直接到了那座小城。

丁克搞了一辆车，丁克现在在政府机关工作，负了一点小责，办公室副主任之类，潘红霞觉得一个诗人“从政”有些莫名其妙，更莫名其妙的是这个“政”管的还是吃喝拉撒这一类真正的俗务，可是这俗务竟让丁克做得兴致勃勃，风生水起，据说很快有被扶正提升为处级的可能。至于诗歌，倒是常常听说他参加这里那里诗人们的聚会，这大概就是他和“诗”最后的一点联系了。

可是从政的丁克比一个诗人丁克有用多了，他搞来了汽车，这样，老余就联络了几个在省城的同学，一起上路去北边的小城看望高原来客。

当然是一个星期天，而且，天气晴朗，面包车从城北开出，行驶在不错的公路上。一共有五个人，丁克还兼着司机的角色。他于一年前利用职务之便考取了驾照，在这一点上他属于先知先觉者。其他两个人，一个姓张，一个姓李，都是当年老“红钟”的成员。还有一个郑岫，则是从她所在的县城，直接去那北部小城，和他们会合。

这是一次愉快的旅行，一群不错的人，一辆不错的车（日本丰田），车里还有他们不讨厌的音乐。一个女声在用粗犷的声音歌唱着黄土地和家乡：“我家住在黄土高坡，大风从坡上刮过——”现在他们就正走在黄土高坡上，只是，这不是一个有风的季节，和平、宁静，窗外，是正在冉冉升起的八月的太阳。

“还记得咱们去东岭吗？骑自行车？”丁克忽然扭头问着大伙儿。

“当然记得。”他们七嘴八舌回答。“东岭”就是那个“文学新星”的学校，那旷野中前不着村后不着店的学校，潇河就在它后边流着。他们高唱着“横断山，路难行”朝那里飞驰。不能相信从那一天到现在，时间已经过去了—— 七年。

那个“文学新星”如今已是文坛上如日中天的人物，某一文学流派的扛鼎人物。

“那天我在电视里看到他了，”老余说，“是一个关于他的文化片，某某某回故乡，寻根什么的。”

车里沉默了一小会儿。不用说，不约而同地，大家都想起了刘思扬，他们中曾经最辉煌的一个，如今沉寂下来：突然就有了一点沧海桑田的伤感。车子飞驶着，有些惊心动魄，好像那是“时间的战车”。

“陈果现在也不知道怎么样了。”潘红霞打破了这沉默。

陈果和所有人都不再联系，她像隐身人一样消失在了北京那座伟大的都城中，消失在了一千万人口之中，蒸发了，他们再也找不着她。

“听说她结婚了。”老余回答。

“我也听说了。”姓张的那个女生，叫张莲，在省报副刊当记者，属于消息较为灵通的一族。

“好像，找了一个年纪挺大的人。”张莲又补充一句。

似乎，没人对这消息感到惊讶，那似乎就应该是陈果的结局。当然，从前，他们可都不这么认为，他们都曾经以为陈果和刘思扬是天造地设的一对。

“其实，去东岭那时候，小玲珑和刘思扬，就已经有情况了。”丁克说。

是啊，一个爱情故事，往往，就诞生在一条公路上，诞生在旅途之中。有什么奇怪呢？这样的先例太多了，可当时他们怎么都没想到呢？刘思扬其实是在宣布他的爱呢，他说：“有美同车兮，我心飞扬——”可当时他们认为那只不过是一个玩笑。

所以，陈果消失了。

陈果在另一个地方开始了另一个故事，那故事与他们无关……

“嗨，潘红霞，现在可就剩下你了，”老余忽然扭转了话题，“你怎么搞的，还不赶快嫁人？”

潘红霞笑了。

“没人要我啊。”她回答。

“赶紧努力呀。”大家说。

“谁说我不努力？”藩红霞理直气壮，“我特别努力——都跳过好多回集体舞了！”

“跳什么集体舞？”老余挺纳闷，“谁让你跳集体舞？”

“全社会啊！”潘红霞回答，“工会、妇联、街道，主要是妇联，妇联是红娘，我们呢，是崔莺莺和张生，不过是过气的崔莺莺和年龄一大把的张生，大家排成两行，像幼儿园小朋友，一会儿面对面，一会儿手拉手，点头，微笑，走花步，八步、十六步，喇叭里放着那支歌当舞曲：‘太阳太阳是一把金梭，月亮月亮是一把银梭……’这么一举手，那么一举手，现在我一听到这金梭银梭就头疼欲裂：集体舞后遗症！”

大家笑起来。

不过人们心里都有点奇怪，这不是潘红霞的风格，这么滔滔不绝，这么自我调侃。她看上去有着可疑的兴奋，她两颊潮红，眼睛闪闪发亮，像一个狂躁症患者。看来女人到年龄不结婚是不行啊！至少，老余这么想想，他觉得潘红霞显然是内分泌失调了。

那座小城，看上去很萧条。它差不多已经接近雁北，再往前走几十公里就是雁门关了。从前，一千多年前，这里应该是金戈铁马的战场，每一寸疆土都浸染过前人的鲜血，它有一座高大残破的城楼，是从前“走口外”的人必经之路吧？这一路，他们已经看到了烽火台和外长城的遗迹，此刻，这萧索的边关小城竟有些让他们肃然起敬。“丰田”缓缓行驶在几乎没有什么行人的城街上，后来他们就看见一个人，站在县招待所门前，冲着他们的车招手。

刘思扬！

丁克第一个叫起来。接下来是一片叫喊。车几乎擦着他的身体停下，车门开了，他们一个一个跳下来，像孩子一样，兴奋地喊叫。老余和他拥抱，接下来是丁克，是姓李的绰号叫“公爵”的男生，最后是张莲。张莲不住地叫着：“刘思扬！刘思扬！刘思扬！”刘思扬笑着。他明显的黑了，一张脸，有了更清晰更硬朗的轮廓，一个多么英俊的男人！那是高原给他的馈赠。

“都来了吧？”刘思扬忙着招呼大家，“走，先到招待所。”

“哎，潘红霞呢？潘红霞！”老余叫起来，他四顾一望，“你怎么还不下车？”

潘红霞倚着车门，站在那里，站在那欢乐的重逢之外，看着，看着那个人，唯一的人，残忍而无辜的人，她日思夜想永不能拥有的珍宝，她的神明，她的幸福和噩梦……他站在那里，如同天空一样可望而不可即。她不能开口说话，泪水把她的咽喉堵住了。

他看见她了，他向她灿烂地一笑。

“潘红霞！”他说，“你好大的架子！”

他向她走来，向着车门，向着她。他来到她身边了，朝她伸出一只手，她把自己的手伸过去，他握住了，那么亲热和有力，他用力一拉，她跳下来，几乎撞到他怀里。

她仰起脸，现在，他们离得是这么近，她几乎不能呼吸，接近他就像接近高原一样让人缺氧窒息。他的鼻息，一下一下，像风拂在她脸上，带电的风，刺激着她的皮肤、她的血肉。她鲜艳极了，那贲张的鲜艳看上去简直妖冶逼人。他有些惊诧地望着她，渐渐地他的呼吸中有了一点微妙的粗鲁。

“嘿，潘红霞，要是我这会儿kiss你一下，你会不会给我一耳光？”他半真半假用玩笑的口吻说。

所有的人，都笑了，起着哄。“来呀，来一下呀！”丁克叫得最响亮，“快呀刘思扬，别做银样镴枪头呀！”刘思扬微笑着，冷不防俯下脸，在那个美艳的、宽阔动人的额头上，温柔地，亲了一下。

“哦！”人们怪声大叫。

“刘思扬，你学坏了。”潘红霞红着脸说。

那一吻，与爱无关，她知道这个。可她还是战栗了。一股汹涌的热流冲出了她的眼睛，她怕人看到她的眼泪忙别过了脸去。雁北的天空，蓝得让人感动，天空下，绵延起伏的荒凉的山峦，也让人感动。这小城是多么让人感动啊，她一下子就爱上了这小城。

车停进了招待所院子里。那是一个又大又荒凉的院子，几排砖窑，几棵杨树，院子里停着一辆解放牌大卡车。就要到正午了，可是没什么人，只有那几棵毛白杨树，哗啦啦，哗啦啦，在荒凉的阳光下，翻卷着明亮的白茫茫的叶片，灿烂的白光，这里一闪，那里一闪。跑来一只大黑狗，冲着他们狂叫。看门人过来把它呵斥住了。

“今晚就住这儿，”刘思扬说，“我也过来陪你们住。”

原来，他已经在这里订好了几间窑洞。其实，是用不着预订的，有的是空房子，没什么客人。他只是请服务员帮忙晾晒了被褥，打扫了房间。他甚至还让人收拾出了一间小会议室，可容得下他们所有人谈话聊天。现在，他们就坐在了这间粉刷得很白、凉爽的窑洞里，喝着早已准备好的很香的凉茶，一切都完美得无懈可击。

“哎，小玲珑呢？她在哪儿？”老余忽然这么问道。

“她在给你们准备午饭哪！她怕她妈不知道你们的口味。还有郑岫，早就来了，她离这儿近——喝了水，我们就去吃饭吧，你们一定都饿了。”刘思扬回答。

小玲珑的家，是个讲究的独门独院，绿油油的铁门，锁着。他们按响了门铃，只听里面喊道：“我来了！”是那个快活的、他们熟悉的声音，暌别了三年的声音。很快就传来了脚步声，嗵嗵嗵的，似乎，特别坚实沉重。门哗啦一声开了，露出了一个——肚子，大肚子，挺着，像小山丘一样浑圆、饱满，然后他们才看到了那张兴高采烈的笑脸。哇呀，这张脸变化好大啊！大了一圈，双颊印着高原红和蝴蝶斑，是一张成熟的妇人的脸了。

“小玲珑！”几个人一起大叫，“好啊，要当妈妈了呀！”

又是一场重逢的热闹和喜悦，或许，比刚才还要热闹，叫着，喊着，拥抱着进了宽敞的大院子，进了气派的五开间大正房。桌子都摆好了，上面是花红柳绿的碟子：绿芫荽、红辣椒、黄豆芽、腊八蒜等调味小菜，中间，是一大盆热气腾腾的口蘑肉片鸡蛋打卤。郑岫也从伙房出来了，围着花围裙，她一看见张莲两人就抱在了一起，张莲是她“上铺的姐妹”啊，一起住了四年，“同居”了四年。“坐呀坐呀！”小玲珑的母亲也出来了，十分精明的一个妇人，笑容满面招呼大家落座，“我去给你们压饸饹，没有甚好吃的，晚上咱包饺子。”

“晚上我们喝酒，一醉方休。”刘思扬摸着下巴说。

好不容易，你推我让的，都坐下了。一张八仙桌，东西南北，坐他们八个人，刚好满满当当。面上来了，一碗接着一碗，又是一阵你推我让。终于响起了吃面的声音，呼噜呼噜，吃得风生水起，地动山摇。张莲、郑岫在和小玲珑咬耳朵，说着已婚妇女的私房话，几个月啦，“围产期”“预产期”什么的，还有胎位之类。这样的话是不方便男人们听的，当然，也不方便未婚的姑娘听。小玲珑叫起来：

“咱别说这些了，你们看，潘红霞在嘲笑咱们俗不可耐了。”

潘红霞一直、一直在低头吃面，默不作声。

那个大肚子，那个无限圆满无限夸张的大肚子，第一眼，就把她灼伤了，击倒了。除了那个大肚子，现在，她再也看不见别的。无论她的视线射向哪里它都存在着，挺着，撅着，浑圆、怪诞、恶意、霸气十足，它垂在屋顶，挂在墙壁，悬浮在空气里，盘踞在琳琅满目的餐桌上，向她传达着太多的暧昧和太多的伤害。在这之前，她从不知道也从没想过，一个大肚子一个孕妇会让她这样震撼和…… 无地自容。奇怪她有一种深深的无地自容和羞惭，她羞惭得简直抬不起头，她不知道自己羞惭什么，那羞惭莫名其妙又刻骨铭心。她一口一口强咽下面条为的是不让泪水涌出来。她对自己说，潘红霞你可不能哭啊，千万不要哭啊。后来她趁人不注意来到了院子里，院门敞开着，她第一个念头是——逃，逃开这里，逃开那羞耻，逃开那爱或者是交欢的颂歌，对了对了，那原来是一曲交欢的颂歌！正在这时有人出来了，猛地拍了一下她的肩膀。

“潘红霞，大太阳地里你炼人油啊！”

是小玲珑。小玲珑用她一如既往的方式，用她无往而不胜的天真无邪，注视着这个女人。这一刻她们其实彼此都看得很深，她们心知肚明，是一对知己的敌人。小玲珑突然出其不意抓住潘红霞一只手，把它按在了自己的肚子上—— 那浑圆的山丘上，胎儿蠕动了一下，又一下…… 小玲珑笑了。

“潘红霞，你愿不愿意做我孩子的干妈？”

晚饭他们摆在了院子里。

太阳落下去了，他们在院子里洒了清水。几张小炕桌拼起来摆放在了葡萄架下。这是一个宽阔整洁的大院子，屋前，种着西番莲和摇曳生姿的波斯菊，屋后，则是一个蜂飞蝶舞的小菜园。

有一棵花椒树，已经结了籽，有一棵刚刚爬上房檐的年轻的香椿树。葡萄还没有成熟，一串一串，碧绿地悬挂在他们头顶。雁北的夏天，太阳一落山就凉爽下来，天还没有黑呢，可是已经有了一弯眉月，挂在了山尖上。小玲珑的母亲点起了编成辫子的艾草，顿时，艾草的清香，在风中弥漫了开来。

酒是刘思扬带来的五粮液，为女士们则准备了本土的葡萄酒。一大桌子的菜肴，有红有绿，有荤有素，看着就诱人食欲。鸡是家养的土鸡，菜都是园子里现摘的，还带着露水的鲜嫩。他们都饿了，这一下午，刘思扬带他们逛了整个小城，那个著名的文庙，那棵灵性的、灵验的老桃树，据说那老桃树从科举的年代开始，就能预知这城中考生的命运。春天，开花的季节，这城中的人就来文庙看花，老桃树的花繁，今年就一定是科场上的丰年，若是稀稀落落，那就一定是个歉年。古往今来，老桃树几乎从没有食言过。他们在午后的炎热中观赏老桃树，抚摸它，听刘思扬讲它的故事，讲的人和听的人其实都缺少真正的敬畏之心：他们还没到对世界对万物敬畏的年龄。

登上那旧城楼，太阳已经西斜了，这是一天中最适于登高的时光，崔颢就是在这时刻登上了黄鹤楼，李白就是在这时刻登上了凤凰台，辛弃疾也一定是在这时刻登上了北固楼。西斜的太阳，把远山涂染成了最纯粹的金色，他们眯细了眼睛，这世上最辉煌的颜色不知为什么看上去那么脆弱和让人伤心。烽火台的残迹，长城的残迹，裸露在这一览无余的金色中，也是伤心的。渐渐地起了风，他们听见城楼上的木门木窗，被风吹得咯咯响。刘思扬突然说：

“在拉萨，整整三年，小玲珑没有去过一次布达拉宫，她怕会触景生情。”

“是啊。”老余慨叹了一声，突然放声吼唱了一嗓子，“怒发冲冠，凭栏处，潇潇雨歇——”

大家都笑了。

现在，太阳落山了，薄暮初起了，他们已团团围坐在了葡萄架下。杯中的酒，斟满了，浓郁的曲香甚至压过了艾蒿的气味。不过大家还都没有动筷子，郑岫说：“说点儿什么吧。”刘思扬端起了酒杯。

“来，为了重逢。”他说。

“为重逢！”大家说。

纷纷举起了杯子，有红有白，只有小玲珑的杯子里，是茶水，上面漂浮着一朵一朵杭白菊。“干了！”刘思扬说，一仰脖子，满满一杯酒，见了杯底。老余也紧随其后，干了，丁克也干了。

“听说过龚巧明吗？”刘思扬突然问大家，

当然听说过。龚巧明，一个女作家，和刘思扬们一样，毕业后雄心勃勃去了西藏，她一定是雄心勃勃的，但是出了事情，她坐的汽车，翻下了青羊峡。她永远不可能再和她的亲人，她的朋友们，重逢了。

这时，他们突然意识到，“重逢”，原来并不是一件顺理成章的事，任何一个偶然，都有可能使他们永不相逢。餐桌上一下子沉默了，潘红霞脸白了，她恐惧地盯住了对面这张脸，眼前闪过吉普车从悬崖绝壁上坠入江流的可怕情景。一只鹰在盘旋，江面咕嘟咕嘟只是打了个大漩涡就把一切都吞没了。原来，能够这么近地、真切地、哪怕是痛苦地看着这张亲爱的脸，这活生生的人，已经是神的恩惠……

她默不作声端起面前的酒杯，把它喝干了。

“来来来，喝酒喝酒，说高兴的事！”老余打破了沉默，抓起酒瓶，先给自己满上，又给刘思扬、丁克满上。忽然发现潘红霞的杯子也空了，咦了一声，也顺手给她满上，一边说道：“郑岫、张莲，你们就别装了，我知道你们哪个都是千杯不醉的海量，喝什么红的？你们又没怀孕，来，都换白的，红酒有什么劲？那是小孩儿喝的甜水！”

于是，就都喝白的了。白酒真是好东西，它能以最快的速度驱赶忧伤。两三巡过后，餐桌活跃起来，酒精使每个人都松弛下来，变得像孩子一样坦诚和快乐。刘思扬喝得最多，他一边喝一边说道：

“这几年，别的没见长，只长了两样东西：年龄和酒量。”

他乐呵呵地说，可是人们还是听出了那话中的失落和伤感。

潘红霞突然觉得是那么那么心疼他，心疼使她自己的心真的绞疼起来，抽作了一团。她几乎是目不转睛盯着他的脸，曾经雄心勃勃的脸：这几年他经历了什么？他注意到了这个，冲她举起了酒杯。

“怎么样，潘红霞，敢不敢跟我干一杯？”

身旁的小玲珑，清醒的滴酒未沾的小玲珑一把抓住了他的手腕。

“不行，潘红霞没有酒量，上次她就喝醉了。”

上次，就是三年前，毕业聚餐那一次，潘红霞是醉了，否则，她怎么会趴在小玲珑耳朵上，说出那个天大的秘密？可那一次他们都醉了，所有的人，男男女女，无论刘思扬、老余还是小玲珑或者郑岫。郑岫告诉他们，从此他们将告别天堂重返人间。现在，他们在人间打滚已经快打出一身的茧子了，特别是郑岫，他们都注意到她看上去比三年前要老多了！

潘红霞举起了酒杯，冲着小玲珑而不是刘思扬，说道：

“小玲珑，咱俩干一杯吧，我喝酒，你喝茶，为了——”她迅速瞥了一眼她的肚子，“为了将要来到人世的孩子！”

她把杯子端到唇边，一饮而尽，然后，目光炯炯地、挑衅地望着那大腹便便的女人，他的女人。小玲珑没再说话，她端起了茶杯，想了想，放下了，顺手夺过了刘思扬的酒杯，一仰头，把满满一杯白酒，灌了下去。

“你疯了！”刘思扬惊呼，大家都惊呼。

“去他的科学吧！”小玲珑笑了，红云立刻爬上了她的脸颊，她顿时快活起来，“我都快被你们馋死了！我不信一杯酒就能生出怪胎。”

她两眼像星星一样，闪烁着，看上去有些神经质：

“告诉你们说吧，我其实一直非常害怕，特别怕，我怕我会生出怪胎！真的，我做过一个梦，那个梦很不好，我梦见我在雪山上走，走啊走啊，突然看见雪里露出一个小孩的头，只露着一个头，黑油油的头发，黑极了，没有身子，身子被雪埋着。我蹲下来，用手刨，刨雪，刨啊刨啊，可我怎么也刨不出来，我怎么也刨不出那婴儿的身体，雪光晃着我的眼，那婴儿忽然睁开眼睛，看我，那眼睛好奇怪啊，像老人的眼睛，像一个悲哀的老人的眼睛……我吓醒了，一摸，一头的冷汗。后来我反复做过好几次这个梦，同一个梦，太恐怖了，我永远也看不见那个孩子的身体，奇怪不奇怪？”

这怪诞的梦，让快活沉寂了几秒钟。刘思扬忽然一伸胳膊把小玲珑揽进了怀里，怜惜地、疼爱地说：“你呀！你呀！”郑岫马上叫起来：“那是你太敏感了，小玲珑，太娇气了，你应该学学我，拉屎的工夫就把我老大生出来了！你这样想：不就是下一颗蛋嘛！”

张莲也说：“这很正常，小玲珑，好多孕妇都有过这种恐惧。

再说，梦都是反的呀！”

“喝酒喝酒！”老余一挥手打断了她，他又开始给所有空下来的杯子里满酒，“刘思扬，你刚才说，这几年，长了年龄长了酒量，能长酒量不错呀！不像我，光长年龄了，要是我有酒量，我至少应该和丁克一样，是个副处了！”

丁克叫起来，不依不饶，大家都笑了，说：“老余自罚一杯！”老余嘿嘿笑着，晃了晃瓶子，说：“没了！”刘思扬马上跳起来，跑回屋去，不一会儿又拎了两瓶白酒出来，他把酒瓶砰地戳在了桌子上，学着大款的口气说：“酒是什么？水嘛！”一只胳膊又马上伸过去，重新把他怀孕的女人搂进了怀里，“宝，你可不能再喝了，啊？”他亲昵地、像对孩子一样说道。

老余开始打通关，一人一杯，一口气灌下八杯，八杯下肚他高兴地唱起来，“我家住在黄土高坡，大风从坡上刮过——”他唱得荒腔走板，得意洋洋，脸红脖子粗，没有一个调儿在应有的位置上，张莲堵住了耳朵，小玲珑则捂住了肚子，“住口住口！你要害死我的孩子啦！你要让他变成一个五音不全的音盲啦！”

“我这是摇滚风。”老余回答。

酒精烧灼着每个人，人人都失重了，在飘，张莲笑嘻嘻说：“郑岫唱一个吧，我想听郑岫唱。”从前，郑岫是他们中间唱歌唱得最好的一个。郑岫就唱起来：

六月里黄河冰不化，

拗着我成亲是我大……

她唱的是新电影《黄土地》中的插曲，她的嗓子，喝了酒，特别适合唱这种忧伤的民歌：

五谷里数不过豌豆圆，

人里头就数咱女儿可怜，女儿可怜，女儿哟——

小玲珑泪光闪闪，望着她，等她唱完了，小玲珑就用手捂住了脸，哭起来。

“郑岫啊！郑岫啊！”她抽泣着说。

刘思扬搂紧了她的肩膀，用嘴唇轻轻吻她的头发，让她安静下来。他显然也喝多了，脸上挂着比平时更温柔、温柔一百倍的微笑，爱人的微笑，永远让女人动心不已的微笑。郑岫忽然说：“刘思扬，你也唱一个吧，唱《怀念战友》，还记得吗？”

潘红霞的心一阵狂跳。

天山脚下是我可爱的家乡，

当我离开她的时候，好像那哈密瓜断了瓜秧……

他一仰脸，唱起来，那么悠扬、悲伤、催人泪下，可他的脸，仍然温存地笑着，好像那唱歌的是另一个人，好像他身体里还躲藏了另一个人似的。

“不行了，记不住歌词了！”他摇摇头，快乐地说。

这时只见丁克站了起来，说：

“你们大概都忘记我是个诗人了吧？”

没头没脑，但是老余马上接了腔：

“你原来是个诗人？恕在下健忘。”

“你这么一说，好像是有这么回事。”张莲嘻嘻笑着说。

“我要念一首诗，”丁克严肃地望着他们，望着大家，不理会那些打趣的话，“不是我的，是里尔克的。”他端起酒杯猛灌了一口，算是润嗓子，突然大声念起来：

他从灰暗的簇叶下走来，
一身灰暗如同这座橄榄园：
他把盖满了灰尘的额头
埋进满是尘垢的灼热的双手。

这是在一切之后。这是终点。
既然快要失明了，此刻我必须离开，
你为何像这样情愿，我得说

你存在，但我不复能将你找见。

我再也找不到你，你不在我的心头，不在。

不在别人心头，也不在这岩石里面。

我再也找不到你。我孤独无依。

……

他颓然坐下了，那是一个诗人最常见的表情。

只见潘红霞起身离了座位，她朝他走来，朝这位不走运的诗人，满身尘埃的诗人，从前的诗人走来，脚步有点打晃，但是目标明确，她走过来站在了他面前，望着他，忽然俯下身去在他额头上亲了一下。那滚烫的嘴唇，像火炭一样烫得他一哆嗦。

“这是给里尔克的。”她说。

她转身就走，但丁克一把抓住了她，抓住了她的手臂，她回过头，丁克说道：“潘红霞，咱俩得干一杯，你还从来没和我干过杯呢！”

“好啊！”她回答，嘴唇红艳如花，她探身从桌上端起了一杯酒，也不知是谁的杯子，那酒，鼓荡着，飘散出浓香，他们叮地碰响了杯子，酒泼出来，她的手抖得很厉害。“干！”她豪迈地说，一饮而尽，突然咯咯地笑出了声。

“你们谁还和我干哪？”她问。

她就是在喝完这杯酒之后彻底醉了。大地在旋转，天也在旋转，头上，葡萄架开始旋转着倾斜，倾斜，院子里的那盏灯，变成了无数盏，晃着她的眼睛。她像到了一个梦境之中。她嘻嘻笑着，伸出一只手，去够头上的葡萄，她一次次伸手，却怎么也够不到：它们就在她鼻尖上诡秘地晃来晃去，可就是不让她如愿。

突然一个人来到了她脸前，怜悯地望着她，那是——他。他伸手把一串葡萄摘下来递到了她手里——一串青涩、像翠绿的小石子一样坚硬，还没有成熟的小葡萄，她俯下滚烫的脸闻着葡萄清香的气味，还有，他的气味，那亲爱的、撕心裂肺的、近在咫尺却远隔天涯的气味，神明的气味，她哭了。

"她醉了！"她听到别人这么说。

夜里，她翻江倒海地狂吐。

这一行人，是在第二天中午离开那小城的。现在他们都清醒了，不过还是宿醉之后灰暗的脸色。昨夜，好几个人都吐了。好在酒是好酒，不那么让人头疼。启程前，他们每人都喝了一大碗热腾腾的酸辣汤面，胃里舒服了许多。车缓缓驶出了招待所空旷无人的大院子，驶出了同样空旷无人的城街。那两个人，他们的刘思扬和他大腹便便的爱人，站在空旷无人阳光明亮的雁北小城，向他们不停地、不停地挥手，嘴里喊着，再见！再见！

他们也喊，再见！再见！

潘红霞没有喊，她没有喊再见。她的脸贴在车窗上，最后、最后望着他渐渐远去的身影。她看不见他了。她在这个天空高远群山环绕的荒凉的小城，伤心的小城，弄明白了一件事，那就是，这一次告别，才是真正的、真正的告别，而不是三年前那一次。

这一次，也许是，永别。

他们的“丰田”，一直向南，向着他们的城市，他们的家行驶。一路上，她耳边、心里，她全身心每一个角落从里到外像钟一样回响着一个声音，唯一的声音：

我再也找不到你。

三个月后，潘红霞闪电般地结婚，嫁给了一个医生。

这段婚姻，真正维持了不到半年。半年后，医生去了澳大利亚。一年后，他们在法律上解除了夫妻关系。而在这一年中，潘红霞每天、几乎是每时每刻，都在谴责自己犯了一个错误。她本来想与生活和解，可最终没有做到。

小玲珑的头生孩子，生下来就死了——是个脑瘫婴儿。从此小玲珑他们就和这城市、和大家断了联系。小玲珑一定是恨潘红霞的：她断定是这个人的诅咒夺去了她孩子的生命。

四、旅途

这一夜，潘红霞和米小米共住一个房间。

她从外面进来时，米小米已经洗过了澡，穿着睡衣靠在枕头上正在抽烟。她一推门就闻到了一股浓烈的烟味。不是女士们喜爱的那种清凉的带薄荷味的烟，而是一包万宝路。她看见烟盒就扔在床边那张核桃木的小桌子上。

“还没睡？”她问。

“没。”她回答，看了一眼潘红霞，说道，“我抽烟，你不介意吧？”

潘红霞在另一张床边坐下了。

“介意。”她回答。

米小米愣了一下。

“我肺不好，长了东西，是癌。”潘红霞沉静地说。

米小米眼睛一下子瞪圆了，望着她，足足有一分钟。一分钟后她把香烟在烟灰碟里摁灭了。

“手术了吗？”她问。

“没，”潘红霞回答，“晚期，已经不能手术了。”她笑笑，“是转移到肺上的，真正的病灶在这儿。”她伸手摸了摸她丰腴的右乳，“发现得太晚了。”

米小米盯着她的手，还有，那手正指示着的地方，抚摸着的地方，女人的命脉，她忽然笑了，

“我刚好相反，是这边。”米小米说，摸了摸她的左乳，她的手一放到那个温暖的山丘就再也不舍得移开了。

就这样，猝不及防地她们俩在生死线上，不设防地面对面遭遇了。

“你怎么一点儿不吃惊？”米小米奇怪地问着潘红霞。

潘红霞笑了，她想她大概是忘了刚才自己说过的话，刚才，在餐厅里，她对那个城府极深的司机说道：“别跟要死的人讲哲学！”她大概是被酒被慕斯卡岱弄糊涂了。

“为什么不手术？”潘红霞问，她想知道这个，“也是——不能手术了吗？”

米小米摇摇头。“不，”她说，“还不算晚，是我自己，我还没想好，拿不定主意，我还在犹豫。”

“犹豫？”这下潘红霞有些吃惊了，通常，人们遇到这种情况，是不犹豫的：拿掉一只乳房，来保全生命。这里面好像没有选择

的余地，这是命运，不是选择，“你犹豫什么？”

“我在想，一个不完整、不完美的存在和一个完整的、完美的消失，哪个更慈悲呢？”她像是在自言自语，又像是在反问。

潘红霞愣住了。

米小米笑起来，“潘老师，你千万别当真，我没那么深刻。其实，我是在害怕，我害怕假如我丢了一只乳房该怎么活……可我也怕死，怕得厉害！这两样我哪样都怕，哪样我都不想要！我还不到三十岁呢！”说到最后这句她的声音忽然抖了一下，像被突如其来的风咽住了。

她是那么好看，甚至，是美的。一张很难被时间所伤害的孩子似的脸，皮肤异常光洁，生气勃勃。可是这脸上却有一张非常性感的大嘴，艳丽、丰满，有特别清晰特别挑逗人的唇线。此刻她靠在松软的大枕头上，从睡衣的领口，露出那么美的优雅的锁骨，小小的乳房，清秀、俏丽、甜美，有一种浑然天成的纯洁气息。假如你了解她的经历，你会为她身上的这一切特征，这不能被伤害的少女的特征感到神奇。

潘红霞心里慢慢涌起巨大的怜惜。

“再说，我还没有爱过一个人，我是说真正地爱一个人，活了二十八年，还没有爱过一个人，可笑吧？突然间就要变残疾了，就要死了……我真是不甘心。我有个朋友，她喜欢研究那些神秘主义的东西，星象啊什么的，去年她给我算了一卦，你别笑我啊，潘老师，我信这个——她说我不久会有一个奇遇，只是，这奇遇，在很远很远的地方，朝西走，要穿过大陆走到海边上，那时她开玩笑对我说，米小米，这奇遇大概会在西班牙等着你，他们都知道我喜欢西班牙喜欢阿莫多瓦还有皇马……当时我是当一个玩笑听的。西班牙！我怎么可能去西班牙？做梦吧？可是你看，突然间，就让我随团来法国参加这活动了，我来到巴黎了！这是我一生中离西班牙最近的时刻！我想起了我朋友的预言，也许，真有一个奇遇，在那边等着我呢，有一个人，在那边等着我呢！等着我披星戴月赶到那里去，等着一个还完整的、完好的我赶到那里去……假如真有那么一个人，我想把我最后的完好和完整给他，把没有一点损伤和残缺的这个我给他，这是我的梦想！然后，丢一只乳房也好，残缺也好，死也好，我都认了！——潘老师，你千万别以为我是个小资的浪漫的女人，不是，我是个最冷静的现实主义者，是个实用主义者，我从不做梦，我拒绝做梦！谁要是对我说，祝你好梦成真，我就对他嗤之以鼻！可是你看，我竟然也在这儿跟你谈我的梦想——这是我做过的唯一的唯一的一个梦，这一辈子，第一个也是最后一个梦，但是这个梦在半路上就夭折了，流产了……看来不是我，而是梦在对我嗤之以鼻——现在你知道我为什么要去西班牙了吧？”她一口气混乱地说了这些，眼圈红了。为了掩饰这个她别过了脸，过一会儿她抬起了眼睛，“你呢？潘老师，我一直很奇怪，你为什么要去西班牙？”

“我？”潘红霞长长地吁出一口气，“我只是想躲开巴黎。不一定非是西班牙，哪儿都行，只要不在巴黎。”

“为什么？”

“我在躲一个人。”

“谁？躲谁？”

“一个我爱的人。”她回答，非常平静，她没想到她能这么平静地对这年轻人说出如此巨大的秘密。

“明白了，”米小米笑笑，其实她并不怎么明白，“你以前，来法国之前，不知道这个人在巴黎吗？”

“不知道，一点儿也不知道，”潘红霞说，“我们很多年不联系了，熟人们都不知道他的下落。那天，在咱们举办的一个活动上，我突然碰上一个老同学，那老同学告诉我说谁谁谁，就是他，也在巴黎，我一下子就慌神了。我怕这最后的四天，在巴黎自由的四天，我会管不住自己，去找他——恰好你在张罗去西班牙，我就来了。”

她平静地叙述，可是米小米还是能听出那平静后面巨大的忧伤。这是一个真正的有秘密的女人，而且，是真正忍受着这秘密的折磨而不是用它来点缀人生的女人。直觉告诉了米小米这个。她坐起了身，

“潘老师，愿不愿意再去喝一杯？”

一刻钟后，她们就又坐在了刚才来过的那间乡村风味的小餐

馆，它同时也兼作酒吧。没有她们认识的人了，不认识的人也已经不多。橙色的灯光，温暖，不那么明亮，就像法国人有保留的礼节。当然有蜡烛，小小的烛光，一蹿一蹿，餐桌上就有了一些离奇的图案。她们要了酒，不是刚才的慕斯卡岱，她们嫌它太清淡了，换了一种红酒，那酒的名字叫安茹玫瑰红，现在，这血色的东西，艳丽的东西，摆在了她们面前，她们相对而坐，举了举杯子。

“祝你健康。”米小米说。

“也祝你。”潘红霞回答。

然后就都笑了，太荒诞了。

安茹玫瑰红非常好。潘红霞轻轻啜了一口，抬起了眼睛。

“我最后一次见他的时候，喝醉了，狂吐，”她说，“算算有十九年了。”

“天哪！”米小米压低喉咙叫起来，“十九年！一个刚生下来的婴儿也长大成人了，长成一个大小伙子了！十九年不见，你怎么还能爱他？你确定你是真的还在爱他吗？”

确定？潘红霞默默地笑了，心里一疼。假如不是那么“确定”该是多么幸运的一件事。假如有过丝毫的怀疑、犹豫，有过一年、一月、一天的遗忘该是多么幸运的一件事。最痛苦的时候她甚至憎恨这爱，憎恨它怎么会如此坚贞如此不可征服。她不知道为什么自己终生都只能被这坚不可摧的爱所奴役而别人则不会。她望着米小米，她知道这将是她最后的日子里很特殊的一个夜晚，她喝了一大口安茹玫瑰红，说道：

“想听听这个故事吗？”

“当然想。”米小米回答。

于是，在这个异国的小酒吧，在这个离河流很近的乡村旅舍，她开始讲自己的故事，生平第一次，把她的爱，讲给人听。她从那个水声浩大的夜晚、那个邂逅的夜晚讲起，她讲黑夜中孤独又璀璨的学校，讲他们的河、河边的聚会，讲“红钟社”，讲那个浪漫和难忘的时代。她讲啊讲，安茹玫瑰红，要了一杯又一杯。酒吧里，人慢慢走光了，只剩下了她们俩，两个异国女人。老板站在吧台后面，百无聊赖地用一块布揩拭着酒杯，揩了一只又一只，揩了一遍又一遍，把它们揩得比镜子还要明亮。除了上课，除了在讲台上，她还从没有这样淋漓尽致地说过话，她积攒了一生、一辈子的话，都在这一晚上，说出了口，就像水决了堤。她讲毕业聚餐，讲她借着酒意趴在小玲珑耳边上开天辟地说了一句什么。终于，她说到了最后、最后的重逢，雁北荒凉小城的气息，一下子，扑面而来，他站在蓝得彻骨的天空下面，亲了她。

那是与爱无关的一吻，仅有的一吻。

米小米真是惊讶极了，惊讶竟使她有一种喘不上气的感觉。天，原来，这个女人，用她的一生，爱了一个根本不知道她的爱的男人。真是荒唐啊！更荒唐的是，最荒唐的是，她让这爱占有了她的一生。她不能像别的有秘密的人那样，把秘密埋藏起来，把痛苦埋藏起来，然后，去过正常的饮食男女的人生，随着岁月的流逝，让那秘密，成为一个罗曼蒂克的回忆，成为一生中的故事和插曲。可这不是她的方式，她的方式是可怕的：她爱得是那么专注、忠贞、极端，没有一步退路，没有一丝一毫妥协。那是把自己逼上绝境那是悬崖边纵身一跃的爱，那是注定要心无旁骛要用最坚贞的一生来成就的爱。说实话，这样的爱，“爱情”是不配的，也是它承受不起的。能够承受这爱的只有至高无上的上帝和神明——因为那不是爱，那是信仰，她用爱上帝的方式爱上了一个滚滚红尘中的人。

米小米终于发出一声叹息。“你呀你，”她说，“你真荒谬啊！”说完这句话米小米眼睛里一下子涌满泪水。这个荒唐的、荒谬的女人深深地、深深地震撼了她。现在米小米知道这个女人她为什么得癌了，要死了，那是因为，这世界，是容不得极致的东西的，比如：最美的、最丑的、最善的、最恶的，它只容得下两极之间平凡和平庸的众生。

“潘大姐——我能叫你大姐吧？”米小米让自己平静了一会儿说道，“听我一句话，咱们提前一天回巴黎去，你去找他，你一定要去见他！你是想见他的，对不对？”

就在这时一个人闯进来，神色慌张，但是一看到她们立刻长出一口气。是杰米，他朝她们走过来。

“原来你们在这里，”他说，“害我到处找。”

“有事？”米小米问。

“还以为你们被绑架了。”他笑起来。

他说“你们”，可是他的眼睛，只看着米小米，他想说的其实是“你”。他一眼就看出米小米眼圈红红的，“她哭过了，”他想，“为什么？”他不知道，可他知道她一定有一件大事，一个大秘密。刚才就在这间餐馆里，她说的那句话，把他吓坏了。她说：“别跟要死的人讲哲学！”谁要死？这一晚上他都在想这个可怕的问题。他的房间，就在她们的对面，他听到了她们开门出去的响动。他想她们大概是去散步。他等她们回来，一直在等，后来他就跑出去，沿着一条比较宽阔的路朝漆黑的山上走，走出去很远，没有一个人影，他害怕了，调头往回走，走着走着，突然看见了餐馆里还有灯光——他没想到她们居然又在喝酒。

“安茹玫瑰红，要不要尝尝？”米小米问他。

“太晚了，明天还要早起呢！”他回答，“明天我们要赶到布列塔尼那边去，去大西洋岸边的圣马洛城，晚上我们会住在诺曼底的圣米歇尔山，我请你们喝苹果酒，布列塔尼的苹果酒非常有名耶。”他说。他这时说话的语气和样子，不像一个“底笛”，而像一个极有耐心的兄长。

米小米笑了。

这一夜，她们躺在床上，却了无睡意。她们听着风吹打着老式的木百叶窗。不是那种凶猛的风，卢瓦尔谷地的一切，都是温和、柔美的，就像她们喝过的慕斯卡岱。据说，生生世世，它都是法兰西诗人眼中温柔的故乡。可它在这个季节仍旧是冷的，是一种阴柔的、缠绵的、鞭辟入里的冷。夜空中，弥漫着河水的寒气和春天树叶的清香，仔细听，听得见夜露滴落的声响。她们默默地、清醒地躺了很久，终于黑暗中传出了潘红霞的声音，她说：

“小米，明天，我们就看到海了。”

“嗯。”她回答。

“不去西班牙，我们还是到了海边，横穿大陆，朝西，看到了海。”

“你想说什么大姐？”

“我想说，你朋友的那个预言，没准儿真的很灵。”

五、米小米讲的故事

我在北京，做“北漂”那几年，人家要是问我，你从哪儿来，什么地方人，我总是信口胡说。我说我从泸沽湖来，听上去又是一个“杨二车娜姆”似的，有时候我说我是彝族部落酋长的后裔，到后来，我又告诉人家，我是一个混血儿，我爸爸是十月革命后流亡到上海的白俄，一个从前的贵族，伯爵。我不管人家相信不相信，反正，我信。我常常被自己杜撰的身世感动，我望着镜子里的我，我想，这么白这么娇嫩的皮肤，这么蓝这么美丽的血管，我没说自己是法兰西皇帝的女儿已经很对得起这世界了。

我喜欢撒谎，撒谎是我的天性，真的。

说说我母亲吧，我从来没和任何人说过我的父母。我都不知道该从哪儿开始说。我母亲，十九岁那年，从一个叫磨盘凹的村庄，嫁到了核桃凹，也就是我的家乡，一个只有十几户人家的小山村。现在那里萧条得很厉害，年轻人都跑出来打工了。我妈——我不习惯“母亲”这个词，太文明了——我妈年轻时候，是个怪人，人人都这么说她：“日怪得很。”她嫁过来做了杨家的媳妇却坚决不肯跟我爹同房，新婚之夜，她把身上穿的裤子的裤腰用线缝了个密密匝匝，两手握一把大剪刀睡觉。她还给我爹讲大道理，说：“你也是新社会的青年，毛泽东时代的青年，你不能强迫我。”我爹是个老实人，又知道她性子刚烈，跳过崖——当初她一听说这门婚事就从崖上跳下去了！摔瘸了一条腿。这性子让我爹害怕，另外她满嘴的大道理新名词也把我爹吓得不轻，自然不敢碰她。一盘大炕，两个人，一个人睡炕头，一个人睡炕梢，中间隔了十万八千里。白天，我妈解手的时候，把裤腰上的线拆掉，到晚上，又一针一针缝起来，就这么过了差不多三个月！我爹满心的委屈，不敢跟人说，也不好意思跟人说，后来还是我奶奶发现了这秘密。我奶奶气得发抖，劈脸给我爹一巴掌，说：

“你个没出息断子绝孙的东西！”

我奶奶不是个等闲人物，我奶奶自然不能让杨家断子绝孙。你想啊，她年轻轻守寡，一个人，拉扯大了我爹和我姑，撑起了一个谁都不敢小瞧的家，能是个软柿子吗？我奶奶冷笑了，说，好，你不仁莫怪我不义！这一晚，刚刚掌灯不久，一群人呼啦啦闯进窑里，三四个男人，都是和老杨家沾亲带故的，手里拿着擀面杖，还有洗衣服的棒槌，我奶奶跟在后面进来，喝了一声：“打！”三四个男人，一下子，把我妈掀翻在坑上，棒槌噗噗噗噗地落下来，活像捶衣裳。先开始我妈还挣扎、骂，后来就不动了，动不了了，血肉横飞，昏死过去了…… 男人们住了手，气咻咻出了窑，我奶奶走上去，拿剪刀，嚓嚓地挑开了缝得像铠甲一样结实的裤腰，褪下了那已经打飞的沾血粘肉的裤子，我奶奶吆喝我爹，说:“上！”—— 那一夜，我爹在我奶奶虎视眈眈的监督之下，要了我妈。我奶奶盘腿坐在炕上，活像看着两个牲口配种。

想知道我妈后来怎么样了吗？她当然是—— 想死。可我奶奶早料到了这一招，她把能置人死地的东西统统收走了，上吊的麻绳、裤带，抹脖子的刀子，剪子，还有最现成的农药，一样也没留下，她心里想，你不是会寻死觅活？我看你咋个死！可是她啥都想到了，还是忘了一样东西：镜子，一面圆镜子，挂在墙上，是我妈的陪嫁。这镜子救了我妈，我妈爬过去，把镜子够了下来。你猜她想干什么？割腕？不是，她那时候没想到割腕，她想的是—— 水银！她以为镜子后面的那一层银粉是水银呢，她听人说过水银吞下去是神仙也救不了的，她把那层银粉用指甲一点一点一点刮了下来，刮了一小堆，用舌头一舐，吞吃了。

这是我最不能想的一件事，她用指甲，一点一点刮水银，一点一点地刮…… 我想起这个心就打颤。我很早就发现了一点，在我们农村，乡村，死，其实不需要多么充分的理由，活，才需要…… 她当然没死成，你想我奶奶是干什么的？能让她死吗？救活了，强灌下去满满一大瓢酸菜汁，都说酸菜汁是解毒的，还有人说应该灌大粪，不知道是酸菜汁真能解毒还是那银粉毒性不够，反正，我妈在鬼门关前转了一圈，回来了。

据说，她在炕上整整躺了一个月，养精蓄锐，等她能够下地行走之后，她做的第一件事就是，梳洗打扮了，换上了一件红芯线袄，又喝下去满满一海碗和子饭，然后，走到她婆婆面前，对她说了一句：

“我看看谁能挡住我！”

说完这句话，她就弓下腰，猛一头撞在了砖砌的炕沿上。

她婆婆害怕了，瘫软了，不是怕她血淋淋倒在地上的样子，是怕她这“狠”，怕她这不哭不闹清清醒醒的“狠”，怕她这豁命的决心！据说她婆婆吓得都站不起来了，只是哭。她婆婆以为这下她死了，鸡飞蛋打了，完了！可是我妈的命，真贱哪，死不了。一次两次三次，三次都死不了！你见过一种小草花没有？特别艳，特别俗，特别贱，栽到一个破脸盆里，烂瓦罐里，墙根下头，一蓬一蓬的，旱也能活，涝也能活，这花就叫个“死不了”！我妈就像这死不了的花……

知道我妈醒过来后对她婆婆说了句什么？她说：“天在上头，还有下一次呢！”听见了吧？她说，还有下一次！大概是神灵是天听见她这话了吧？可怜她，发了慈悲，给了她一个孩子，没有“下一次”了。她很快发现自己有了身孕……这孩子是我哥。就这么我哥救了我妈，我妈活下来了，也救了我奶奶，我爹，我们这一家。

该说说原因了，你知道我妈为什么要这样一次一次寻死？太幽默了，说出来你恐怕不信，她说她要像安娜一样过“有爱情”的日子！对，就是那个俄国的安娜·卡列尼娜！幽默吧？她一个山里生山里长的农村姑娘，没上过学，连县城都没去过，连火车都没见过的村姑，她要像安娜一样过有爱情的日子！可是是谁，把“安娜”这一类玩意儿灌进她脑子里去的，让她当作理想一样并为此舍生忘死？当然是你们城里人，一群知青，北京的。其中有一个人，叫卡佳，听听这酒足饭饱云里雾里的名字：卡佳！就是这些卡佳们，拿我妈当试验田种，教她读书识字，给她讲故事，讲人生的大道理，把浪漫的种子和生活格格不入的种子，种进了这可怜的村姑身上，在那里扎下了根。她们说：“向毛主席保证，我们要让你睁开眼睛，看见一个新世界！”她们还说要改变我妈的命运。她们还真做到了，我妈的命运真让她们给改变了：变得这么酷烈。

本来，她可以生活得很平静，嫁给我爹，一门心思过日子。我爹其实是个非常善良脾气和顺的人，比我妈大六七岁，除了瘦弱一些，个子低一些，没有任何缺陷。其实在农村人看来这是一桩不错的婚姻，没有什么不般配。假如当时她有一个要好的“王贵”什么的，这么闹这么折腾还情有可原，问题是，她这个“李香香”压根还不认识“王贵”呢。但是她铁了心地要爱情。我后来想

“爱情”对她而言其实是一个象征，象征着，非现实的、浪漫的、美好的一切，和真实无关的一切——它毁了她的生活。

后来，我常常问，在我可怜的母亲孤身一人和命运作战的时候，她们在哪里？卡佳们在哪里？这些让她“睁开了眼睛”的人在哪里？不用说，她们早就撇下她跑了，回到她们熟悉的城市了，回到她们的人群和生活中了。她们在“老莫”吃酸黄瓜喝罗宋汤的时候，甚至，在她们自己也和生活同流合污的时候，我妈她一个人，孤零零一个人，壮烈地、没有任何声援任何救助地，用她唯一武器，她的血肉之躯，捍卫着她们让她睁开眼睛看到的东西，她只有一条命，可是她死了三次！

这就是我妈妈的故事，一个乡村浪漫主义者的故事，大姐，你们很相像。

好了，说说我吧。我是浪漫主义者的天敌。

我的家乡，核桃凹，是一个小山村，有一个小学校，只有初小，没有高小，念高小要到邻村去。我们村的女孩儿大多念完初小就不再上学了。到我该升高小那一年，我奶奶对我爹说，不要叫谷女子再念了，女子家，解得下个名字不当睁眼瞎就行了，又不考女秀才。我爹吞吞吐吐来找我妈商议，我妈只有两个字：不行。

该念初中了，初中要到镇里，离我们村有十几里路，我奶奶又对我爹说，快不要叫谷女子再念了。我爹又来找我妈，我妈还是两个字，说得更干脆：不行。

到考高中的时候，我考上了县中，我们村，那年考上县中的，只有我一个。那一年我奶奶过世了，是收麦子的季节死的，死那天，她还给一大家人做了晚饭。我爹我妈下地回来，看她躺在坑上，说是头疼，也没当回事，夜里就昏迷了，我爹背起她就往镇医院跑——这一背坏了事，半路上就咽气了，脑溢血。

我考上了县中，我爹很发愁，没有钱供我。这回，没有我奶奶唠叨了、指挥了，我爹还是要来找我妈商量，吞吞吐吐的，还没开口呢，我妈就说了："不行！"她知道我爹要说啥，先封了我爹的嘴，"除房子卖地，光明也得念书。"

光明，是我的学名，这学名不用说是我妈给起的。那个夏天，我妈带着我们姐妹几人，早出晚归，上山去摘青连翘、挖草药、摘木耳、拾蘑菇，就连我六岁的小弟弟也跟着上山了，两只小手让荆棘葛针扎得鲜血淋漓。我哥那年该升高三，他也在县中学念书，不放假，早早就开了学，也等着钱用。我们这几双手，忙了两个月，硬是从山上挖出几百块钱来。自然还是不够，这一天，我妈瞒着我们，去县医院卖了血。我就用我六岁小弟弟的血汗钱，我妈的血卖来的钱，进了县高。

三年后，高考，我考了我们专区的文科状元。

那时候，我哥已经在省城打工了，两年前他高考落了榜。他从城里寄回家来的钱，我妈都攒着，一分也不乱用，就等着派大用场呢。有个南方人，来到我们村，教村里人培植香菇，我爹我妈也搭起了大棚子，从山上砍回橡树，锯成一截一截的，在树身上，打孔，埋下种子，淋上水，洇着，香菇就一朵一朵地钻出来了。卖香菇，又是一笔收入。当然，我弟弟妹妹们，加上我，我们又上山挖药材，整整挖了一暑假，就这么，东一笔，西一笔，给我凑着学费，最后，还是我妈，瞒着全家人，又去了县医院，卖了血。

我成了我们村开天辟地第一个大学生。

我来到了南方，进了一所名校。我不想说它的名字了，你往下听就会知道为什么——我打工当家教，给自己挣生活费。当家教能挣几个钱？我就去了——酒吧坐台，是一个师姐介绍去的。我坐台，陪酒，自食其力。我没有一点道德上的不安感，从一开始我就不存在道德感和禁忌的问题，不，我有道德禁忌，我的禁忌是，永不再花家里的钱。不再花我老妈一大早跑六十里山路去卖血的钱，不再花我小弟弟用两只血淋淋的小手拨开葛针丛捡连翘和红果挣来的钱！这就是我的道德禁忌。我用我的性别、容貌、青春，养活我自己，供我自己念书，我觉得我非常非常清白，自尊，快乐。

但是很快地就发生了一件事。

我妈病了，癌。现在我想我的癌恐怕就是从她那里遗传过来的——她一直硬撑着，有一天终于撑不住了，吐了差不多半脸盆的血，家里人把她送进了县医院。癌长在肝上，晚期，不能开刀了，但是据说可以住院做一种叫作“介入”的治疗，刚好有从省城来的专家在我们县“扶贫”。我妈当天就闹着要回家，虽然大家都瞒着她，可她心里其实已经明白了，她说，别瞎糟蹋钱了，光明还要念书呢。家里人拗不过她，我们家，从来没人能拗过她的，开了些止痛药，回来了。

她一点力气也没有了，躺在炕上，疼得厉害时她就用头咚咚地撞着炕沿。疼痛过去后，她安静异常，眼睛柔和极了，一张脸也柔和极了。我小弟弟放学回来，她就让他上炕，坐在她脸前，她长时间用手摩挲他的小脸——她从来没有这么温柔过，无论是对我爹，还是对我们这些孩子。我们从一生下来就看惯了她那张脸，阴沉、严厉、急躁，永远也不快活。我哥给我写信，告诉了我这些，我哥写道:“妈在安静地等死。”

从那天以后我就疯了，我只想一件事：挣钱、挣钱、挣钱！在这之前，我还只是坐台，陪酒，接到我哥信的当天我就和一香港商人去了酒店。我很老练地和他做爱，可是他看到了——血，处女的血，他大吃一惊，让这血给吓住了。临出门时他叫住了我，说:

“小妹妹，你是遇到什么难处了吧？”

在这之前，他一直叫我“小姐”，现在他改口了，我笑笑，说：“干这行的都会说自己有了难处，你要想帮我，就多给我几个晚上。”我想我怎么会向一个嫖客去诉苦？我又不想当茶花女或者李香君，在欢场上碰到一个亚芒或者侯朝宗，那太可笑了不是？我走出酒店，徒步回学校，远远看到学校的大门，我哭了。

十几天后我又是火车又是汽车赶到了家，我把厚厚一摞钱放到了我妈面前，我说：“妈，去看病吧，咱不去县里，去省城。”我想省城的大医院不是说能做“介入”吗？至少那是一线希望，至少，最低限度，它能减轻一个人弥留之际的痛苦。但是我妈一看这钱脸色就变了。

“这是哪来的？”她问我。

“我挣的。”我说。

后来，我一直、一直为这句话后悔，为这句大实话后悔。我该说，借的，向同学，向银行，总之，瞎编呗。可我情急之中说了真话：我挣的。我妈一听就明白了，我一个大一的学生，我能用什么方法挣这么多钱？我看到我妈的脸，越来越白，越来越白，白得发青、发灰，连嘴唇都成灰色的了，忽然她“噢——”地低吼一声，一头就撞到了墙上——幸亏她病得没了力气，否则这凶狠的一撞或许就要了她的命了。

一口血喷了出来，接下来，一口一口，止也止不住。我吓傻了，除了哭不知道还能干什么。我爹我哥我妹妹一拥而上，我哥往她嘴里灌了什么东西，后来我知道那是他买来的云南白药。总算止住了，可人看上去已经不是个人样！整个人变成了墙皮一样的惨灰色。她开始哆嗦，像只寒号鸟一样抖个不停，牙齿嘚嘚嘚嘚发出凛冽的声响。我妹妹趴在她身上，抱住了她，嘴里喊着，妈，妈——她终于哆嗦着抬起了一只手，挥动着，说：“走，走——”

她让我走。

我哥冲我吼：“你还不快滚出去！”

我出来了，站在窑外。天就要黑了，虽然是春天，太阳一落山，山里还是冷的。我看着天一点一点黑下去，看着星星一颗一颗亮起来。山里的星星，真亮啊，真干净啊，每一颗都像用水洗过的一样，和浊世无关。我一直在哭。后来我爹出来了，把我领进西头平时不住人的那孔窑里，让我妹妹悄悄抱来床铺盖。我爹蹲在地上，抽着烟袋，默不作声。抽着抽着，他大巴掌一捂脸，呜呜地哭了。

第二天一早，我就走了，离开了家。我一个人出了村，我看到了村口的老神树，那是一棵大核桃树，不知道几百岁了，也许上千岁了，到夏天，浓荫洒下来，差不多能遮一亩地。它是我们村的神，庇佑着我们这个小山村人畜平安。树枝上，挂着许多许愿的红布条，我想其中一定有一根是我的亲人们为我母亲挂的。我跪下来，磕了三个头，我的头抵在土地上，我闻到了苏醒的大地的气味，湿润、新鲜、温暖、干净，我哭得几乎站不起来。

钱，我挣的钱，我妈当晚就让我哥还给了我。可我早晨出门时悄悄把它们留在了我叠好的被褥上。我知道他们用得着。家里已是负债累累了，至少，他们可以用这笔钱还债，也算是用到了我妈身上。一路上我在心里跟我妈说一句话，我说，我花你卖血的钱，你为什么就不能花我卖身的钱？这不公平，不公平，不公平！

七天后，我妈过世了。弥留之际我自然不在身边，家里人谁也不敢造次，把她垂危的消息告诉我。她咽气后我哥才骑自行车赶到镇里给我挂了长途。我回家奔丧，我妹妹一见我扑上来就抓我脸，打我，揪我头发，说："都是你，都是你个害人精，你害死了妈！"人们把她拉开了……原来，从我走后，我妈就不再吃饭，也不再说话，谁都看得出来，她对这个世界，一点一点都不再留恋了！在最后的日子笼罩着她的那种柔和慈爱的光芒，退去了……我整夜整夜跪在她的灵柩前，为她守灵，下葬时我哭得死了过去，可是，自始至终，我没有说"原谅"这两个字，直到今天我也没有说过。假如一切能再从头来一遍，告诉你，我还是要这么做，毫不犹豫——用三千块钱来出卖我的童贞，救我母亲的命。

丧事过后，我哥交给我一个小包裹，用布包着，他说这是我妈悄悄地给他，让他交给我的。我跑到一个没人的地方打开了它，是一个破抄本，用特别脆的那种白纸订成的，纸早变黄了，卷了边，有的地方已经破损了。上面，有我妈的笔迹，也有我不认识的很秀丽的笔迹，写着一些杂七杂八没头没脑的字句：大女子、农业学大寨、打碎一个旧世界、建立一个新世界等等，还有唐诗、宋词，东一首，西一首，或者是一段格言，“生命诚可贵，爱情价更高”“人的一切都应该是美的，外貌、衣裳和心灵”这一类的话。后来，就有了一大段一大段小说的摘抄：“拉夫列茨基走出屋子，来到花园，坐到他熟悉的那张长椅上——就坐在这个珍贵的所在，面对着那座房子，在那座房子里他曾经徒然地最后一次把双手伸向喷涌着人生幸福的金色美酒的神圣酒杯……”“我在哪里？我在做什么？为什么呀？她想站起身来，把身子仰到后面去，但是什么巨大的无情的东西撞到她的头上，从她的背上碾过去了……”我一页一页慢慢掀动着，越看越惊讶，我在翻动着我母亲的青春，她的精神生活，她粗糙、天真又优雅的灵魂。我明白了一件事：我母亲她是一个有信仰的人，她信仰——浪漫爱情，这尘世间所没有的东西。

里面还夹了一封信，是给我的，我敢说，这信里的每一个字，都像是文身一样，一笔一笔刻进了我心里，这么多年了，想不想听我背出来？

光明：

我知道你是想救我，可是你用你那脏钱把我杀了！你把我杀了！不是别人，是你，杀了我！

你哥，你妹妹弟弟，都说我偏心你，一家人都说我偏心你，我是偏心——从我出嫁，嫁到杨家这一天起，我就已经死了。因为生下了你，我才又转世。你不足月份，生下来比个猫崽大不了多少，我抱着不足一尺长的你，止不住泪流满面：我抱的是我自己的来生自己的下一世呀！光明，你是谁？你就是我的来生来世！我前世受的苦，遭的罪，因为有了你，都不算话了。我看着你一天一天长大，越长越好看，读书、上学、远走高飞，去我去不了的地方，看我看不见的世界，我心里有多高兴！我亲眼看见我的来生我的下一世是美好的，她有我没有的一切，过着我曾经梦想的日子，她会有爱情，她会害羞地、真心地去爱一个人，和这个她爱的人过一辈子……可是光明，你个狠心的、残忍的孩子，你眨眼工夫就把这些毁了，你把我的来生毁了！

我没有力气多说什么了，光明，我要你知

道，你是在替我活：你造孽，就是我造孽，你作践你，就是作践我……你这一生一世摆脱不掉我了，你要是还有一点点心疼我，就心疼你自己吧，心疼你，爱惜你，就是心疼、爱惜我梦想的来生。宝，妈在天上看着你呢……

读完这信，我跑到了她坟上，我哭着对她喊叫，我说：“妈，你听着，我是我，你是你，我不替你活！我绝不、绝不、绝不替你活！”我心里恐怖极了，难过极了，假如真有来世的话，我妈妈的来世，应该是纯洁的、干净的、高贵的、浪漫的，我哪里背得起这样的来世？那应该是一个比我好一百倍的姑娘，幸福一百倍的姑娘。我哭着对她说，“你放过我吧妈——”

回到学校，我臂上缠着黑纱就去坐台了。我要养活自己，我也要用这行动表示，我不替任何人活。人改变不了我，鬼魂也改变不了我！我是我自己的，我要吃，要穿，要交学费，我要面对的，是严酷无情的现实人生。可是我运气不好，有一天我和一个客人去了酒店，半夜里，被扫黄的人抓了。原来是那个人的仇人跟踪他，告了密。东窗事发，我被学校开除了。

就在这时候，我几乎走投无路的时候，戏剧性的事情发生了。有一天在一家酒吧里我又碰上了那个香港商人，用文雅的古典的话说就是我的第一个“恩客”。我看见他向我走来，我说：“真巧。”他回答：“我们有缘。”

后来他告诉我，他其实一直在找我，每晚换一家酒吧，到处向人打听我的下落。他这样向人描述我：“一个很清秀的小女学生。”他问人见过这样的一个陪酒女没有。我听他说“小女学生”这几个字，眼泪都快下来了，我已经不是学生了！

他新近在这城市，开辟了市场，经常要到大陆来，这样，他就给了我一个家。我从陪许多人最终变成了陪他一个人。对了，我就是人们说的“二奶”，一个恶俗的称呼。还是古典的语言要文雅许多，“小星”，或者，“外宅”。我无所事事，游手好闲，这样过了一年。他看我不快活，有一天，他忽然很认真对我说：

“你再去读书吧。”

他说他可以花钱送我去大学进修。我想了想，对他说道：

“我想再参加一次高考。”

我终于说出了我的心事，我的不甘心，我的梦想。他愣了愣，显然很意外，对我说：“让我想想。”他想了一夜，在床上翻来覆去，清晨我睁开眼，看见他一个人坐在窗前藤椅上抽烟斗，我一直很喜欢闻他烟斗丝的香味。我起来，走过去，在另一张藤椅上坐下了。我们默默地坐着，看太阳一点一点升起来，把草坪染成金色，看草坪上的鸟雀快乐地啄食草尖上的露水。一切是那么宁静美好。他忽然扭过头来，说了一句：

“我多舍不得你！”

他做出了决定，他说：“复习功课吧，其他的，我来办。”

三个月后，我拿到了准考证，准考证上的名字，是我现在的名字。从那天起我就把那个从前的我，那个叫“杨光明”的人，埋葬了。我杀气腾腾地赴考场，和那些小雏鸟似的考生们比起来，我真是满脸杀气，我是来报仇雪恨的，我是一枚精确制导的导弹，不像他们，战战兢兢。我这颗导弹一举击中目标，两个月后，我拿到了北京一所名校的录取通知书。

赴京前，他送我一张卡。他说，里面钱不多，但足够维持我四年的生活还有学费。他说这话的时候，不像一个情夫，像一个……父亲，慈爱、关心，还有不舍。我流泪了。我看出他是寂寞的，在这个灯红酒绿的城市，他花钱买笑也想买一点真心。那晚，最后的一晚，我们在一起，他没有要我。我们东一句西一句说着闲话，他给我讲他小时候的事情，他过世的母亲，等等。天一点一点亮了，黎明就要来了。我们居然就这样东拉西扯说了一夜！后来他翻过身，在晨曦中用手抚摸我的脸，望了我很久。

“我不会忘记你，”他说，“你是给了我童贞的姑娘。”

我说，我会常给他打电话，写信。他打断了我的话：

“不，不要，什么都不要，你要忘记我——就像你从来都没有认识过我这个人。去好好生活吧，去过新生活——”他声音哑了一下，“你要爱惜你自己啊！”

他流泪了。

我心里非常感激，一直到现在，我都在感激着他。他是如今的人里少数保存了一点古风的老人。后来我给他打过电话，但是他把所有的号码都换过了，他实现了他的承诺，他是真心地要让我忘记那一切，忘记罪孽，也忘记善举。我没再去找过他，可就像他永不会忘记我一样，我也永不会忘记这个改变了我命运的人。

我来到北京，改名换姓，埋葬了历史。我像个新生儿一样清白干净，没有污点。我努力打工，当家教，在假期里找各种活干，站在大街上，发小广告，卖报纸，到杂志社报社帮忙打杂、看稿，等等，后来我就开始用“米小米”的笔名写文章，先是给时尚类杂志投稿，慢慢在许多家报纸开起了专栏，毕业后，我选择了当“北漂”，做自由撰稿人，后来这家大报社招聘记者，我应聘了。

他给我的那笔钱，最初两年，我动用过。后来我就不再动了。再后来，我在卡里补齐了那数字，一直存着。我也不知道为什么要这么做，也许，我会还给他，假如有一天我能再找到他的话。也许，我会心血来潮，用它，去改变一个人的命运，行善或者作恶。我还没有想好呢，我以为我有的是时间，供我去想、去挥霍，可是突然间，癌来了。

我的生活，从来都不是月白风清的，这些年，我有过男友，可我从没有过爱人。爱和我无关。那是初出茅庐的小姑娘小美眉们的事，爱要有一颗柔软的不谙世故的心，那是爱的前提，就像罗密欧和朱丽叶，像贾宝玉和林妹妹，而我，在他们那样的年纪，在爱的年纪，却在风尘中打滚，滚出了刀枪不入一身的老茧。

可现在，在死亡面前，我想爱了。也许我是可以爱的，我是有能力爱的，我想爱一次，爱一个人，为我自己，也为我可怜的妈妈。

六、来到了海边

从前，这里只是大西洋中一块巨大的石头，凯尔特人把这里当作他们的墓地。来自不列颠的凯尔特人，是德鲁伊特的自然崇拜者，崇信灵幻和巫术。他们在这块只有海水退潮时才能到达的巨石上举行葬礼，用木头掩埋尸体。这巨石，承受着凶猛的潮浪和海风的袭击，四周都是危机四伏的流沙。凯尔特人为什么选中了这里做灵魂的安息地，那是他们的秘密。

有一天，阿夫朗什大主教欧贝突然看到了大天使米迦勒。米迦勒现身了，他敲了一下欧贝的头颅，指示他，做一件大事，就在这块海中的巨石上，建一座教堂。米迦勒为什么选中了这里盖教堂，那是天使的秘密。

公元十世纪，诺曼底公爵理查一世，真的在这座小岛上，这座巨石上，盖起一座修道院。这是一个开始，艰辛异常的开始，挑战的开始，有了第一座，就有了第二座、第三座，渐渐地，这里变成了一个建筑群。一代一代的人，一代一代的修士们，在这些建筑之上，增砖加瓦，加盖一座罗马式，再加盖几层哥特式，最后，它就变成了从大西洋中崛起的小山。

几百年来，虔诚的朝圣者们，一代一代地，奔向这里，流沙吞没了多少具他们的骸骨，海浪卷走了多少朝圣者的亡灵，没有人知道。吞没一个，来十个，卷走十个，来一百。流沙和海浪，这所有的险恶，也许反而更激起了朝圣者们的虔敬——这里从此成为法兰西最重要的圣地和圣山。

一七九三年到来了，大革命到来了，这座圣山这座大教堂被革命者征收改做了监狱。一百多年后，雨果来了，雨果向整个法兰西呼吁，恢复这教堂这圣山的旧貌。于是，它又从监狱变成了圣地。为了这改变，人们在最顶层的哥特式教堂——拉梅赫维尔之上，加盖了最后、最高的一座尖塔，从此它就变成了我们现在看到的这样的景观，在晨曦或者暮色之中，高塔纤细的尖顶，看上去像一个孤独的魂灵一样，那是人对天空对神秘世界永远的仰望。

这就是诺曼底的圣米歇尔山。

现在，他们就来到了这里。

一条长长的堤道，将圣米歇尔山和大陆连接在了一起，他们参观了这座已有千年历史的城堡般的大教堂，从阿旺斯拱门走了出来。太阳就要沉落了，圣米歇尔山最美的时刻来到了，它先是融进了落日金色的余晖之中，慢慢慢慢变成一个冷峻的剪影。

传来了教士们晚祷的钟声。

这一晚，这一行人就住在了这小岛上，他们在半山腰一家餐馆吃了晚饭。经过一天的奔波，他们都饿了，胃口很好地吃了明火烤蛋卷、海鲜，还有加了苹果烧酒的苹果馅饼。佐餐的酒，当然是本地最为有名的苹果烧酒。杰米说，那是包法利夫人的酒——一百五十多年前，包法利夫人就是喝着这酒，在附近的鲁昂和情人幽会。这星空、这风、这海、这气候，都曾经是她的。餐后，他们在小岛狭窄的长街上散步，又进了一家酒吧，这酒吧楼顶有一个小平台，面向着大海，他们就来到了这平台上，杰米为他们推荐了一种奇怪的草药酒，据说那是诺曼底修士们的发明。

“这也是包法利夫人的吗？”辛小丸子举着酒杯问道。

“她肯定喝过。”杰米回答。

潘红霞累了。这一天，她感到了力不从心。酒使她觉得更加疲倦，这让她感到了恐惧。她先回去休息了，和她一起回去的，是玛达姆吴，她们闲聊着回到旅馆，进各自的房间时，玛达姆吴像突然想起什么似的问道：

“你今晚还和米小米住一屋吗？”

“是。”

她神秘地笑了一下。

“我看你今晚用不着等她了。”

但愿，潘红霞想。但愿是这样。她躺在床上，熄了灯，静静地听，海浪似乎就在耳边哗哗地拍打着堤岸。海是这么近，大西洋是这么近。他们就睡在大西洋的怀里。假如真有一个奇遇在海边等着米小米，今晚就应该是它的最后的机会了。

海风夹带着寒气，还有浓郁的腥气，几乎是凛冽地，扑面而来，辛小丸子有些受不住了，喊冷，“布波”就把她裹在了自己的风衣里。辛小丸子牙齿打着战，说道：“我知道包法利夫人为什么自杀了，原来是这鬼气候——再坐下去我也想死了。”他们当然不会让她死，“布波”就用风衣裹着这温室的花朵回到了楼下房间里。平台上，寒冷的平台上，此刻，只剩下了他们两人，她，还有杰米。

杰米忽然说：“可惜我没有一件风衣。”

米小米笑了。

杰米没有笑，戴耳环的杰米，他们一直戏称作“底笛”的杰米，一张光洁的没有任何风霜痕迹的脸，年轻的脸，此时显得十分地忧伤。

“你说的那句话，是什么意思呢？”他望着米小米问。

“哪句话？”米小米莫名其妙。

“你说，别跟要死的人讲哲学。”

“哦，”米小米又笑了笑，“那是我在夸张。”

“不是酱紫，”杰米摇摇头，“我看得出来，你有心事，很大的心事。”

“我真是在夸张，”米小米不笑了，她啜了一口草药酒，望着杯子，回答说，“我病了，不过，离死，还有一段距离，我只是拿不定主意，要不要做手术。”她抬起了头。

她看到杰米的脸变得惨白。

“是癌，对不对？”他努力让自己的声音不那么紧张。

“对。”她慢慢点点头，过一会儿又补充说，“乳腺癌。”

哗——哗——海浪的声音，一下子，大起来，天地间都是这汹涌的声音，满耳都是这汹涌的声音，撞得人耳朵都疼了。米小米忽然觉得一阵悲哀，她猛地一口把杯中的酒都喝光了。

“杰米，你明白了吧？死，或者是残缺，你说我要哪个？”

杰米望着她，从这美丽的生气勃勃的脸上，看不到那可怕的“癌”的痕迹。它还在潜伏着呢，它还没有发作呢，它还没有裂变到爆炸的程度呢。谢天谢地啊！杰米这样想，他感恩地想，他忽然说话了：

“米小米，你愿意不愿意答应我一件事？”他说。

“什么事？”米小米问道。

“我有一个愿望，或者说，一个计划，”他回答，声音慢慢变得平静甚至是坚定起来，“我一直在为这个计划做准备，攒钱、锻炼身体，好多人都取笑我，说我荒唐，不务正业——是酱紫的，我想做一次旅行，徒步穿越亚欧大陆，米小米，”他伸出双手握住了米小米的手，“你愿不愿意和我一起冒这个险？”

米小米呆住了，天，这个疯子！

“听我说，去做手术，马上，越快越好！一天都不要再耽搁！然后，快快养好身体，等你好起来，明年，我们俩，就从你的北京出发，我们去散一个长步——绕半个地球散步！你不是特别遗憾没去成西班牙吗？那好，我们就一直走到西班牙，一直走到巴塞罗那去！怎么样，米小米？”

米小米忍住了泪水。

“杰米，你知道，你邀请的旅伴是一个什么人吗？”她回答，“三十岁，缺一只乳房，而且，她还有你完全不了解的‘过去’，你知道不知道她的过去？”

“不知道，”杰米回答，“一个三十岁的女人，肯定会有‘过去’，假如她这么问，那就是说这个‘过去’，一定是很惨痛的，是不是酱紫？”

“是，”米小米坚定地回答，“而且，污浊。”

杰米长长地、长长地叹一口气。

“可是，有什么办法？”他望着她，“米小米啊，你难道就没有听说过，这世上有‘一见钟情’这回事？”

“听说过，”她说，“那都是一些傻瓜们的传说。”

“可倒霉的是我恰巧就是那个傻瓜。”杰米回答。

“问题是，我不傻啊。”

他望着她，慢慢站起来，走过去，站在了她面前。她从没觉得他竟然是高大的，她必须仰起脸看他，他很严肃，甚至，庄严。这也是让她陌生的一种新鲜的表情。他庄严而陌生地站在她面前，哑着声音说道：

“米小米，你能不能不再折磨我？”

她眼睛模糊了，有了泪光，泪光使一切都变得朦胧和美好。一盏盏的灯、星月，还有眼前这人。海浪哗哗地喧响，大西洋重复着人们听不懂的神的言语。就算这是一句假话，她要这“一见钟情”，要这个邂逅之夜。一辈子，还不能纵容自己幼稚一次吗？幼稚地受一次欺骗，被美好和幻觉欺骗。一个人不能永远活得那么犀利和明白啊。

他一把抱住了她，抱住了这个尚还完好的、完整的、忍受着磨难的女人。他们都哭了。

这一夜，潘红霞睡得像一个婴儿那样安稳。大概是因为海浪吧？海浪拥抱着拍打着小小的圣米歇尔山，整座小山就像是大海中的一只摇篮。她在这摇篮中睡得很沉。

她睁开眼睛的时候，一张脸俯瞰着她，满脸笑容。窗帘还没有拉开，可房间里已经很亮。“几点了？”她问，那张笑容满面的脸，不回答，只是望着她，她们对视了一会儿，潘红霞笑了。

“小米，你是个幸运的人。”她轻声说。

米小米俯下身，给了她一个轻轻的拥抱，“大姐，”她说，“你说对了，我朋友的那个预言，真的很灵。”

那是暗示的结果，可是潘红霞不说破。她看着米小米清新的笑脸，起死回生的笑脸，知道这姑娘有救了。

潘红霞很快乐，她愿意相信奇迹。

“大姐，”米小米喊着她，“回到北京，我带你去见我那朋友吧，让她也给你算一算。”

“我就免了吧，”潘红霞回答，“你看我还有那个必要吗？”

笑容凝结了一下，凝结在了米小米的嘴角，像花瓣挂在那里。她明白了自己是在跟谁说话，这才是一个真正要死的人呢！没有任何奇迹能够拯救她，无论是东方的，还是西方的，圣山、圣地、圣水，科学或者巫术，没有任何东西能救她不死。

“大姐，”米小米忽然很坚决地坐在了她的床边，“你听我的，今晚我们就回到巴黎了。你一定要去见他，见那个人，你别打岔，告诉你，就是绑架我也要把你绑到他面前去……我不让你带着遗憾回去，大姐，你别干傻事，不，你就干一次傻事，你时间不多了！”她激动地把这句残酷的实话说出了口。

潘红霞微笑了，她慢慢坐起身，靠到雪白的大枕头上。

“我问你，小米，你说，我见到他，说什么？告诉他，我爱了他一辈子，爱了他一生一世？他吃惊，或者，感动，就算是非常感动，然后呢？这一切，只不过是他生命中的一个小插曲，一段小故事，许多收藏中的一个，他喝醉了酒，也许还会拿出来炫耀，说，有个女人，临死前跑来找我，说她从小姑娘的时候起就爱我，等等等等。这和品德无关，这是人的天性，对人的天性我是从不抱幻想的…… 爱他，是我生命的全部，那是比‘爱情’要大的爱—— 打个比方吧，渥伦斯基爱安娜，是爱一个女人，而安娜爱渥伦斯基，是爱世界，那不一样…… 小米，”她望着她，眼睛里慢慢地起了一层水雾，“小米，爱，也许，从来都和被爱者无关，爱永远是一个人的事。”

米小米摇着头，说：“你呀，大姐，你呀！”她忽然很想哭，可是忍住了。那是她不能了解却尊敬的情感，严肃的情感。这个无厘头的世界如今什么都不缺，只缺最起码的严肃。可她仍然想说服她，她想了想，说道：

“你可以不告诉他这一切呀，什么都不告诉他，只是见一面，还不行吗？十九年不见了，忽然在巴黎碰上了，不见，反而是不自然的！…… 对不对？你要是怕控制不住情绪我陪你去—— 要不这样，我们来抛硬币，赌一把，让命运来决定，怎么样？”她兴奋起来，立刻去翻手袋，找出了一只零钱包，红色的羊皮，十分精巧，她从里面取出一枚硬币，五十分，她仔细看了一下那图案，说，“是一个女人，仙女？还是圣女贞德？不管她，你要哪一面，字还是图？”

是啊，为什么不可以见一面呢？什么都不说，只是看一眼，看最后的一眼，看看时光在他身上留下了什么，看看他就快走向衰老的容颜。最后的容颜。她相信他决不会是一个大腹便便的胖子，到处是多余的赘肉，他会很尊严地衰老下去，她坚信这一点。可是这一眼之后呢？这之后，她还会那么平静地去死吗？她犹豫了，她还会那么平静地走完她最后的那一小段路吗？

“你要哪一面，字还是图？”米小米催促着。

好，那就让命运来决定吧。也许命运就是这么安排的，命运在这个地点、这个时间，埋伏下了他，埋伏下了重逢和永别。“图。”她回答。

“图是见，字是不见。”米小米这么说，她把硬币向空中一抛，落下来，落在白色的床单上，她用手扣住了。

“看。”她一松手，露出了——图，那个仙女，或者是圣女贞德。米小米高兴地叫起来，“大姐，图！”

“这不算，”潘红霞摇摇头，“这是他们的钱，不是我们的。”

“好。”米小米乘胜追击，她翻看那个红色的零钱包，终于找出了一枚人民币，一元的硬币。她把这枚硬币托在了掌心。“人民币，再来一次，你要哪一面？字还是国徽？”

“国徽。”潘红霞说。

“国徽是见，字是不见。”米小米重复着，她把这枚我们的硬币向空中一抛，银光一闪，像一条小鱼一跃，栽下来，她啪地用手捂住了。

“这次可要算数，”她说，慢慢慢慢移开了手掌，潘红霞看见了那图案，中华人民共和国国徽，米小米笑了，“大姐，这是天意。”

也许，这真的是天意了，潘红霞盯着国徽出神地想。只听米小米在耳旁叫起来：“快起床，吃早饭，我们一会儿还要出发去圣马洛呢——我都闻到刚出炉的小面包的香味啦！”

整整一上午，潘红霞显得魂不守舍。去圣马洛的路上，甚至，看见了这要塞般的海盗城，她也没有流露出一点感兴趣的样子。他们登上了城墙，眺望大海。这里已是布列塔尼地区，圣马洛就建在朗斯三角洲的石岬上。是一个难得的大晴天，大西洋蓝得就像一个诱惑，引诱着人飞身一跃。辛小丸子站在城墙上突然做了一个飞翔的姿势，朝下一扑，大家惊叫起来，她回眸一笑，说：

“别害怕，我又不是包法利夫人。”

昨天，杰米还不在意“死”这个字眼，可是今天他在意了。今天他不想听任何和“死”有关的话题。他望着米小米，阳光下，她的皮肤白得近于透明，透明到他似乎可以看到那深处死神的阴影。她多美啊，他想，她比任何时候都美，可是这美正在被摧毁……他的眼睛一刻也不舍得从她身上移开，湛蓝的海洋、传奇的要塞、中世纪的建筑、纤尘不染的天空，他一向热爱的东西，都不能够再吸引他的眼睛。他注视她的目光又温柔又忧伤，那里充满凭吊之情。

辛小丸子的话，还有她的举止，让杰米感到刺心：怎么可以酱紫（这样子）轻率地谈论“死”？

“小姐，能不能放过可怜的包法利夫人？”杰米问道，谁都可以听出他语气中的不友好，“这里是布列塔尼，和包法利夫人和死没关系！”他激动起来，“这里——”他用手一指前方的大西洋，“是毕加索的、莫奈的、高更的，高更甚至说过：‘我爱布列塔尼！’这里的海、天空、花岗石、森林溪流和原野、庄园还有古老的农舍、无数的教堂，它们是永生的，它们不死！”他语气十分激烈地说了这些。

一路上，他们听惯了杰米娓娓的讲解，文雅、文明、彬彬有礼，听惯了他的台北腔，酱紫长、酱紫短，无论他们怎么模仿他，取笑他，他都好脾气地照单全收——他是他们的“底笛”嘛！他们甚至忘记了一个最基本的事实：他是一个人，是人就会有脾气。此刻他们突然听到他激烈的语气，就像听到一只鸟突然开口说人话似的，非常惊诧和奇怪。

“杰米，你没事吧？”辛小丸子没在意他的冲撞，关心地说，“是不是昨晚喝多了？”

“可不是，”接话的是米小米，“那种修士发明的草药酒，挺有后劲的，那里面是不是有什么奇怪的东西？”

“嗯，大概有枪药。”辛小丸子点点头。

大家都笑了。

气氛松弛下来。

他们准备沿要塞城墙走一圈，兴致很高，可是潘红霞走不动了，她告诉他们她在城里等大家。她一个人慢慢走下花岗石的阶梯，来到了这要塞这古老城堡的心里。她慢慢走了一小段路，就看见了路边的咖啡馆，她选了一张户外的桌子，坐下来，要了一杯热红茶，喝着。太阳照在她身上，没有想象中那么温暖。她用一块大披肩裹紧了自己。她撕开一包砂糖，倒进了茶里，又撕开一包，突然她觉得身体里有个地方狠狠地一绞，砂糖撒在了桌上，她用手捂住了眼睛。

想念他，想念他，想念他。

她看了一眼手表，十一点，还有差不多一整天，才能回到巴黎，还有漫长的一个中午，一个下午，还有差不多八个小时，四百八十分钟……两万八千八百秒！她突然之间恐惧起来，她怕她支撑不了这么久，她怕这四百八十分钟两万八千八百秒里，她会死，最后的这几步路，她会死。她走了十九年才走到这里，可也许她永远走不到尽头！……她出了一身冷汗，不知道是因为疼还是因为害怕，她也分辨不清这疼痛是病理的还是精神的。她喝下去一大口红茶，感觉到了一点暖意。她慢慢按摩胸口，对自己说，潘红霞你要坚持住啊。

口袋里，就装着有关他的一切，写在别人的名片后面，是那天那同学十分热心地写给她的。地址、电话，清清楚楚，甚至，同学还标明了应该乘几号地铁，以及那房子的准确方位。就是这样一张小纸片一张线路图让她陷入了哈姆雷特式的煎熬和折磨：见还是不见？起初她狂喜，她做梦也没想到在她一生中最后的时刻，在这么一个远天远地的地方，老天竟然慈悲地安排了他来送行。可很快她就害怕了，假如见到了他，她还有力量走得从容平静吗？他会粉碎掉她面对死亡好不容易聚集起来的尊严和勇气，她会对生命起贪心，对活下去爱不释手和眷恋……

谢谢米小米，解决这煎熬的方式，只需向天空抛出一枚硬币。

现在，她只想着，巴黎，快点，用最快的速度，回到那里，找到某条街，某座楼，某个房间，敲门，然后，在灿烂的光明中他们惊呼着拥抱。

下午，在车上，她用米小米的手机打出一个电话。她的手机没有办国际漫游。电话打到了他们巴黎的家，没有人接，“斯密斯密”一堆法语，是他的声音，然后是长长的一声“嘟——”音，她知道那是电话留言，录音带沙沙地响，她留言了，她说，你们在哪里？我大约八点左右赶到你们那里去，等着我啊。

等着我啊。

她飞驶。一公里一公里，接近着那个城市。现在巴黎是她的了，因为他在等她。那个伟大的都城仅仅是因为有了他才变成一个亲人的城市。尽管满街都是生人，尽管说着她一句也听不懂的语言，可它仍然是她的。接近巴黎时天黑下来，黑暗的车厢里悬着她越来越白的一张脸。车停在了一个地铁站，司机，就是那个缺半截手指的人指示着她怎样怎样乘坐几线地铁，米小米要陪她，她不让，但是米小米还是把自己的手机塞给了她。米小米说：“万一找不着地方，给我们打电话啊。”

可是并不难找。

要谢谢那同学，谢谢他简明扼要的指引。

现在，她就站在了这幢大楼的前面，是一幢老式的公寓楼房，巴黎的街道上随处可见的那种房子。公寓的门锁着，为了慎重起见，她没有立即去按“三零一”的门铃。万一要是按错了呢？语言不通，解释起来不方便啊。她就站在紧锁着的门前用米小米的手机拨响了他家的电话。

铃声响了很久。然后，又是“斯密斯密”一通法语，然后是长长的、长长的一声“嘟——”音。

他的声音。可是一个字也不懂。

没人接。他们不在家。他不在家。

忽然她脑子乱了，她开始按门铃，按“三零一”，一次，一次，一次，没有回应。

她又一次拨打电话，还是那样，铃声响着响着，忽然就是一通法语，他的声音，很怪诞地，说着她听不懂的话。然后就是长长的、长长的一声“嘟——”音。

慌乱中，她想起了那个同学，名片此刻就在她的手里，她拨通了同学的电话。

“哈路！”同学在电话里说。

“是我。”她用汉语回答。

“嗨，潘红霞，你这几天跑哪儿去了？我往你的旅馆打了好几次电话，找不着你——是这样，我一直在联系刘思扬，联系不上，他家里没人，昨天我才知道，他到澳大利亚去了，去悉尼开个什么会，他和太太都去了，真不巧……”

同学还在电话里很热情很详细地说着，可她什么也听不见了，什么也不重要了。他去了澳大利亚！她从亚洲来到欧洲，站在了他的家门口，可他却跑到澳洲去了……她向天空抛出硬币，命运指引着她来到了他的家门口，可却并没有许诺给她一个重逢。

她关上了手机。她没有告诉同学她现在在什么地方。她退后几步，朝楼上张望。有几扇窗户黑着，那没有灯光的地方大概就是他的家吧？他和小玲珑的家。他和小玲珑还有孩子的家（他们不会再没有一个孩子）。她想起大腹便便的小玲珑幸福的笑脸，还有她怪诞的梦，他把她搂在怀中，叫她“宝——”。

她慢慢往回走，迷失了方向，找不着地铁入口了。街上的行人，匆匆而过，全是漠不相干的人。无数盏华灯：街灯、霓虹灯、装饰灯、射灯，全是漠不相干的别人的璀璨。她一个人，走到东，走到西，走过了，又折回来，终于看见了那地铁的标志，其实它非常醒目，醒目得可疑，她视而不见就是了。后来她来到了月台上，这不是一个重要的车站，等车的人寥寥无几。一个人，站在墙边，拉着小提琴。他留着长长的黑头发，是一张亚洲人的脸。琴声很忧伤，她走过去朝他脚下的罐头筒里丢了几欧元的硬币，当啷一声，那人对她说："谢谢。"

是十分清晰十分标准的汉语，普通话，甚至是，京腔。

她已经转身要走了，听到这一声"谢谢"，她站住了，扭回头，望着他，望着这同胞。"北京人？"她问。

"是。"

突然她鼻子酸了，她问："你会拉《怀念战友》不会？《冰山上的来客》插曲？"

他没有回答，几秒钟后，琴声响起来，是她熟悉的旋律，从前的旋律，熟到骨子里的悠扬而悲伤的旋律，在这个陌生的破旧的地铁站里，别人的地铁站里，听上去惊心动魄。长头发的小伙子拉完了前奏，突然放声唱起来：

天山脚下是我可爱的家乡，
当我离开她的时候，好像那哈密瓜断了瓜秧。
白杨树下住着我心上的姑娘，
当我和她告别后，好像那都它尔闲挂在墙上。
瓜秧断了，哈密瓜依然香甜，
琴师回来，都它尔还会再响，
当我永别了战友的时候，

好像那雪崩飞滚万丈。

啊，亲爱的战友，

我再不能看到你雄伟的身影，可爱的脸庞——

车来了。她踏上了列车，泪流满面。永别了，世界，永别了，她爱了一生的人。

尾声

让我抱抱你

初冬，北京，有一个新书发布会。这样的发布会，这样的活动，在这个一千万人口的大都市里，就像有人打了一个喷嚏一样习以为常。

发布会后，有一个酒会。到了许多人，相干的不相干的，男男女女，真的和冒牌的艺术家、学者、商人还有市侩，其中还掺杂了不少老外，老外努力说中文，中国人努力说英语，十分热闹。

在这一群人里我们看到了一个熟面孔，米小米。不止她一个，还有一个我们认识的人，对了，是杰米。杰米晒黑了一些，看上去比七个月前有了点儿棱角，不那么像一个大众的“底笛”了。不过他打扮得仍然很随意，宽松的大毛衣，牛仔裤，在有暖气的房间里热得直冒汗。米小米刚刚端起一只郁金香式的红酒杯，他默不作声夺下来，塞给她一杯鲜榨的胡萝卜汁。

米小米似乎没什么改变，清瘦而妖冶，这正是这个女人身上最具吸引力的地方，贞洁的肤色，鲜艳性感的大嘴，使她的脸魅力独具。只有我们知道她改变了许多，她的身体发生了巨大的变化，死里逃生的变化。那变化其实沉淀在了她的眼睛里，假如你仔细注视，你会发现她的眼睛颜色变深了，就像秋天的湖水。

她端着她的胡萝卜汁，一路和熟人打着招呼。在这样的场合总是能碰到那些差不多的面孔，这些面孔常常让人混淆这个会和那个会的区别。终于她来到了一个男人面前，这才是今天的主角呢，新书的主人。可现在他一个人站在那里，倒显得有些形影相吊。

“你好。”米小米对他说。

“你好。”他礼貌地回答。

“祝贺你啊。”

“谢谢。”

这个“谢谢”，不是出自他的口中，而是从旁边一个人的嘴里说出的。是一个女人，非常年轻，短发，披着这个季节最流行的毛皮蝴蝶结披肩，是LV的新款，眼睛又大又深，看上去像一个混血儿，也许就是。她手里端着酒杯，不知从什么地方，突然冒了出来。

“我太太。”他礼貌地向米小米做着介绍。

“我已经知道了。”米小米回答。

她几乎是敌意地注视着那个年轻的太太，那个极其醒目的活力四射的女人，向她举了举杯子。然后，她转过脸，望着这个太太的丈夫，这个男人。他仍然称得上是英俊的，而且，风度翩翩，沧桑的脸上有一种让女人醉心和心疼的温柔。她对他笑笑，说道：

“能提一个要求吗？”

“什么？”他问。

她把手中的酒杯，往旁边的窗台上，随手一搁。然后，她仰起了她的脸，脸上的神情罕见地严肃。

“我能拥抱你吗？”她说，“让我抱你一下。”

他很意外，很惊愕，他旁边华丽的小太太，也惊愕了。这要求，如果在法国，也许不算什么，可这是在北京，可这是一个陌生人！但是他被她的严肃震慑住了，他觉得这要求既神秘又……咄咄逼人。

“当然。”他迟疑地、谨慎地回答。

她跨前一步，抱住了他，很紧，她紧紧紧紧给了他长久的一个拥抱，就是木头也能感觉到她身体中汹涌的甚至是可怕的激情。他不由自主也抱紧了她，奇怪地感觉到了一种感动。许久，她伏在他肩头清晰地、重若千钧地说了一句：

“这不是为我，这是为了——潘红霞。”

这个名字让他一震。

她松开了他，转身走了。她穿过人群慢慢走出去，走出这个灯红酒绿的浮华世界。她泪流满面，她一点也不掩饰她的泪水和悲伤。那天，有许多人都目睹了一个女人怎样流着眼泪骄傲地走出了华美的酒店。她来到了北方朴素的天空下面，一朵罕见的红云飘过头顶，然后，她听到了她朋友的声音，那个声音安静地说：

爱永远是一个人的事，和被爱者无关。

当刘思扬匆匆忙忙追出来的时候，她已经消失在人群中，不见了。

二〇〇四年十一月十日一稿于太原

二〇〇四年十二月至二〇〇五年一月二十六日二稿

于香港浸大国际作家写作坊、太原

后记

蒋韵

起初，写《隐秘盛开》，动机很简单，是因为听了一个故事，那里面，有令我感动的温暖的东西：古典爱情，以及，我们那个时代的精神气息。写它，差不多是一时的冲动，但写着写着，有些意想不到的改变发生了。

也许，只有在童话和寓言里才有的纯粹与极端，像水墨的山石一样，在我貌似平静的书写中，凸现出来，让我自己也感到了一些惊诧和陌生。

后来，我说，我写了几个天才——爱的天才，天才是注定要为她（他）所独具的天赋而献身的。莫扎特献身音乐，梵高献身绘画，而我的潘红霞们，则献身爱。只有这些爱的天才，才会把俗世中的爱情，人间的爱情，改造成信仰。

汤显祖把人类划分成了两个天下："有情天下"和"有法天下"，那是两个完全不同的世界，两种完全不同的生命。几百年前是这样，几百年后，就是到了二十八世纪，我想，也仍然会是这样。爱的天才，是“有情天下”中的奇花、精粹，就像安徒生的“小人鱼”、《巴黎圣母院》中丑陋的敲钟人、《卡拉马佐夫兄弟》中美丽而不幸的格鲁什卡，还有，就是那个荣国府中的逆子贾宝玉——上下五千年，偌大一个中国，唯此一人，唯这个奇异的博爱的男人，把少女的美视为这世界的意义和终极的理想。

毋庸讳言，古往今来，“有情天下”永远都在被“有法天下”所围剿，今天，在这个物欲统治的年代，这个欲望比天大的新世纪，早已没有“有情天下”的寸土之地。当年，贾宝玉还有一个虚构的春天般美好的大观园，而今天的潘红霞们，在这个世界上，除了一具肉身，还有什么？所以，那个“有情天下”，就在这具身体之中，这个肉身的生命深处，与它同在，不可剥离，无从背叛。悲剧感，或许，就是由此而生。

不可剥离，无从背叛，这宿命的悲剧，在我小说中另一个人物“拓女子”身上，表现出的则是惨烈。也许，这里面还隐藏了另外一个主题，于是，一个浪漫主义者的天敌——米小米诞生。我用米小米的眼睛，来审视她的母亲，一个曾经目不识丁的村姑，却被几个来自大城市、自认为担当着启蒙重任的插队知青所选中，就像被上帝所选中一样，做了她们启蒙的试验田。那是一个异常成功的试验，她们在她身上，随心所欲地，播下了浪漫主义的种子，她们给了她知识，还有人生的梦想。然后，她们一个个，远走高飞，留下这一个孤独的战士，一个人，坚守着那浪漫的理想，一个人，九死不悔地，和不可抗拒的命运作战。那是多么惨烈多么血腥的战争！一个人，面对着整个世界！到最后，那些弃她而去的启蒙者，也最终会和生活媾和，做了背叛者。可她不会，她无从背叛，因为，那个“有情天下”，就在她血肉的体内。

我不是一个仲裁者，我也不想去评价启蒙和被启蒙者之间的道德关系。但是我的米小米要评价，甚至，是声讨。“在我可怜的母亲孤身一人和命运作战的时候，她们在哪里？卡佳们在哪里？这些让她‘睁开了眼睛’的人在哪里？不用说，她们早就撇下她跑了，回到她们熟悉的城市了，回到她们的人群和生活中了。她们在‘老莫’吃酸黄瓜喝罗宋汤的时候，甚至，在她们自己也和生活同流合污的时候，我妈她一个人，孤零零一个人，壮烈地、没有任何声援任何救助地，用她唯一武器，她的血肉之躯，捍卫着她们让她睁开眼睛看到的东西，她只有一条命，可是她死了三次！”所以，我的米小米，她有充分的理由不相信任何现成的真理。

几年前，一个十七岁的小少女对我说，读了鲁迅的《孔乙己》，才知道，莎士比亚的悲剧有多么贵族，人人都死得那么庄严，痛苦全都是高贵的痛苦！我很震动。所以，在这个故事中，我让米小米，这个卑微者永远保持着她的警惕和警醒，当然，也是我的警惕和警醒。我让米小米用她犀利的眼睛，来审视与她完全不同的另一类人群，另一种人生，从而构成一种复调的效果。

同时，这也是对我，一个书写者的审视甚至是，叩问。

写爱情故事，不是我的擅长。《隐秘盛开》是我第一本与爱有关的小说。我生活在黄土高原上一个内陆城市，从前，我的小说，大多都和这城市有关，多年来我一直在探究我和这城市奇怪的关系，我生活在这城市之中，却固执地将自己放逐到这城市之外，所以，在精神上我是一个漂泊者。城市让我窒息，不仅仅是我的城市，越辉煌的城市就越让我心存恐惧，我永远在它们之外。其实，在《隐秘盛开》中，也仍然有一种漂泊的气息贯穿始终，如同我的呼吸。

图书在版编目（CIP）数据

隐秘盛开 / 蒋韵著. — 北京：中国友谊出版公司，2019.6
ISBN 978-7-5057-4755-5

Ⅰ. ①隐… Ⅱ. ①蒋… Ⅲ. ①长篇小说—中国—当代 Ⅳ. ①I247.5

中国版本图书馆CIP数据核字（2019）第107248号

书名　隐秘盛开
作者　蒋韵
出版　中国友谊出版公司
发行　中国友谊出版公司
经销　新华书店
印刷　北京嘉业印刷厂
规格　880×1230毫米　32开
　　　8.5印张　179千字
版次　2019年10月第1版
印次　2019年10月第1次印刷
书号　ISBN 978-7-5057-4755-5
定价　39.80元
地址　北京市朝阳区西坝河南里17号楼
邮编　100028
电话　（010）64678009